U0087106

乳頭上的天使

陳克華情色詩選

1979-2013

序「乳頭上的天使」

陳克華

已經不再寫情色意味的詩。因而有了整理回顧的念頭。

然而也才發現，我的「色情」大多不過是多用了些器官和生理字眼罷了，真正寫到性本身的，並不多。這樣的創作心態，只圖讓讀者看著刺眼礙眼，衝撞內心道德柵欄，臉紅心跳，只好做嘔心狀道：這，這也叫詩？這也能寫成詩？

我的「情色詩」其實並不「色」，反而比較接近控訴，顛覆與反擊。

某詩人說得好，陳克華的情色其實是意圖冒犯全世界。而我竟還把這些「廁所裡的塗鴉」公然稱作詩還加以出版。

因此我取了「乳頭上的天使」這樣一個書名，意取歐洲中世紀神學走火入魔至探索一個針尖上可以站立多少位天使的地步。

另外，我在電腦裡發現一組哈佛時期（1997-2000）寫的詩。為數不多，也並不色情，只因為實在放不進其他任何一本書裡，只好也將就塞在這裡。如果讀者發現這本詩集裡並非每首詩都一致地色情／器官，敬請見諒。

2016/2/1

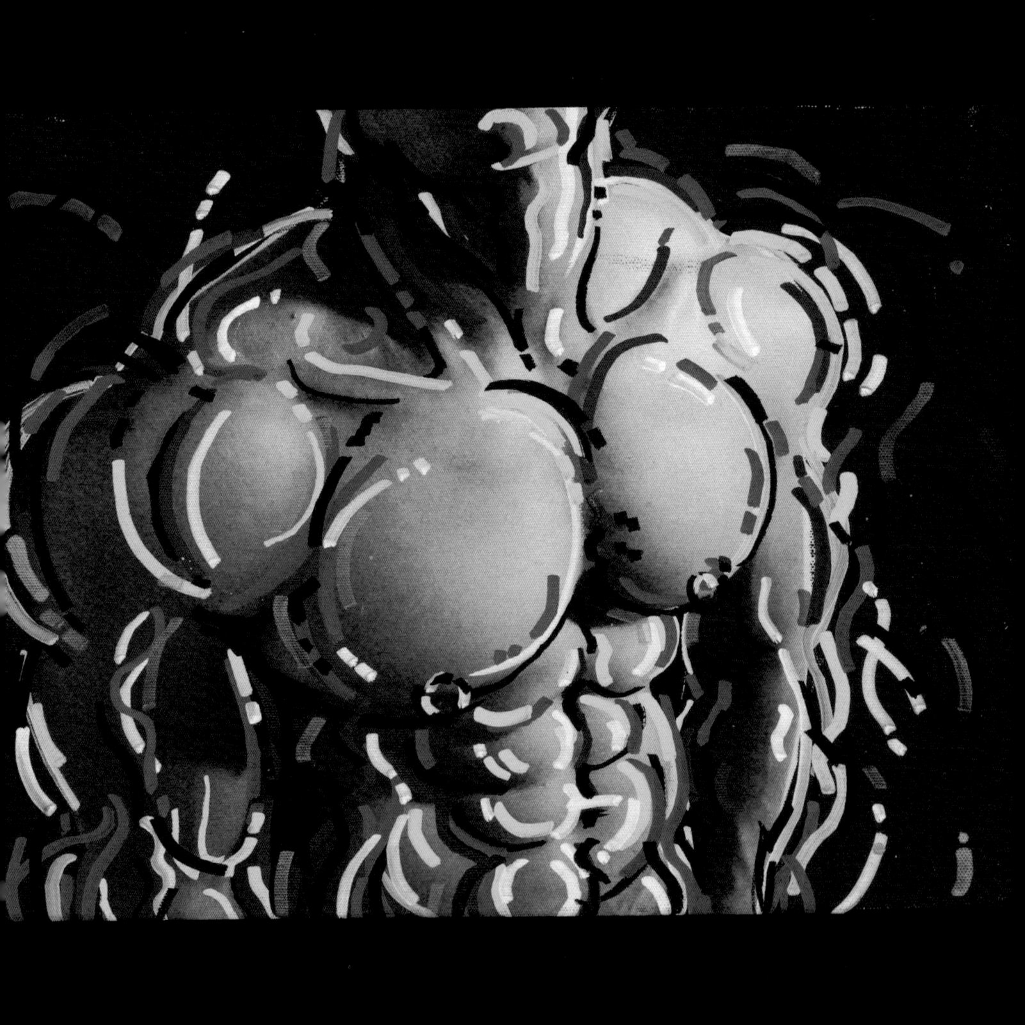

目次

Chapter 4　1996－1998

Chapter 5　1998－2002

Chapter 6　2001－2013

Chapter 1

1979–1982

或者

與其花一整個下午手淫，或者

花一整個夏天無所是事，或者
花一輩子的下班時間打聽你的住址——

或者我已經選擇了智慧
以及不快樂。

1979

盟誓

頭一次相遇，他切下一根手指給我
因為我們的盟誓

他說：你會忘記的，不要等我罷
我右手有六根指頭

第二次相遇，他臨走
摘下他珠灰的眼睛贈我，因為
從此，我不再處女

我問：難道你有第三隻眼？
他笑了。

每夜我召來了夢魔，詳細盤查他的行蹤
隔著層層雲障我看見
他裸伏在每一叢月光的岩頂
接受和風與露水的愛撫，久久
再弓起身子，對著滿月

射精

呵，他是怎麼的一個人呢。（他寫詩嗎？）

之後我走在湖畔，雙手捧著我的頭顱

夢魔在前頭指引：
水底那些骷髏們在等著你呢
沈下去罷，魚族會吃盡你的屍身

為什麼是魚呢？那晚我問——

他正伏在我的胸前，尾鰭不斷拍打著我足踝
因為………，他口吐著泡泡：因為**我們的**盟誓——
因為只有魚才懂得

相濡以沫。

1980

混血嬰兒——我並不是背上貼有號碼的自由車選手

——選自「星球記事」

請不要以數字將我歸檔
我並不是背上**貼有號碼**的自由車選手
WS，雖然我的身世向來
只須在履歷資料卡上
填上我的智商

自那次母親有意跌落精子池中
和一具懂得作愛的電腦受孕
我便在切斷輸送程式的臍帶後
成為戰後最後第一名
通過**智力測驗**出生的混血嬰兒

（WS，你有血統證明書嗎？可以獲獎的）

之後我曾向一棵櫸樹認同，喊他兄弟
高舉雙臂的姿勢是祈禱
躺入泥土為再生。同時
風媒不斷在我身上撒滿精子

（後來是一隻交配期的甲蟲惹惱了我
WS，這才明白四季是我早已退化的本能。）

之後我和一部電腦結婚
每夜我顯影在終端機的螢光屏上
興奮地閱讀硬蕊的速成定理
然後絕望地自慰

（WS，後來是戰爭燬了我的婚姻。那次我
一把砸燬他灼熱的性器後成為極端的和平主義
者。）

之後在電腦戰爭的末期接受心理治療
瘋狂愛上一枚螺絲釘
在生產線全面罷工浪潮時
間接導致動力系統的癱瘓
於是工業**考古學附頁**上的插圖中
我是一種機率

（我的任務是為一個良知淺薄的**時代製造難題**
如性無能大　和音樂神童等）

WS，相信我所曾努力過的
我崇拜那產生納粹的國家哲學
還有貝多芬的右耳
甚至我嘗試分析愛的操作型定義
生化效應以及催化劑

並嘗試以**邏輯推論**人類和電腦的成長極限
基因工程的突破發展，心理學與神學的結合……

最值一提的我在神龕上裝置了真空管，WS
只要你願意我幫你尋找上帝的頻道
我的結論很簡單：這文明被強姦了。

（而我發明了處女膜整型術。）

於是我的病歷成為頭版——
終究人們以智商稱呼我
一種螺絲報廢的機率。

1980

末日

——選自「星球記事」

回答我WS昨夜有陣陣隕星成雨打在頰上我在你的夢域轉醒觀察全然陌生的天象你額際不斷有星宿相繼落海我輕喚著WS聽得見我嗎是末日景況臨降了我久旱的雙瞳頓時化成兩顆盛產醇酒的星球酩酊的髭狼座的嗅息馴服地伏在左胸嗥嗥狺狺沿腹溝直往鼠蹊尋找荒廢了多年的獵徑狺狺嗥嗥喔我記起了那顆愈脹愈大愈炎酷的太陽你在月球的暗面停駐凹凸多稜的體表有急劇變化的溫差我有些迷惑起來不時感到燥熱又極度受凍這走樣的季節我只好靜靜伏著伺機吞下一些較為弱小的恐懼WS那次日蝕時你的影子猛地攫住了我瘟疫呀！我喊道瘟疫呀黑暗如蝗群撲翅降臨我翻身睡入另一場夢域讓許多記憶洩入天宇成迅速消失或變造的星座WS你哭了　我艱辛地在體表往返梭巡有幾處潰爛的角落你的玫瑰紋身落瓣了我把僅有的幾顆種子罐裝冷凍之後再提高體溫偶爾也尋找我們的雙星乍明乍暗地閃現W引自金黃的桂冠S逃離出伊甸呵呵你真是條蛇呢懂得音樂的銅蛇節奏地蟋嗦自冷寞的星球引渡末日前的幻滅一顆顆如泡沫慣性等速飛行原是成繭成蛹的囈語禁不住觸覺上的快意便都破了我激喊道瘟疫呀以超速的心音敲打起你已封閉的心房瘟疫呀終於蝗群如雲翳冷然自背

脊細細嚙咬你自再遠的那顆星抬頭凝望我嘴角滲
出的殷紅灘成一塊屬於你我的土地末日前你又嗅
著回來狺狺嘷嘷地我說太遲了這廢止已久的曆法
我們能再耕作些什麼氣候早譁變攜來霜雪在七月
流火在你肥沃的肩胛難道我們能收割玫瑰WS有人
釘掛安樂死的廣告在你小腹我不由得嘔吐了金屬
塑膠玻璃纖維和其他聚合物阻塞血管和幻想的新
陳代謝我呆滯地閱讀戰爭隔著星系觀察光年外你
蛻變的軌跡雙星從此又是兩道不同時空各自運轉
我以雙掌左耳貼地察覺逐漸泛起涼意的體表漸有
霜覆將進入冬眠了WS以後僅有些黑子活動干擾你
的思念和潛意識底層的情意結WS聽得見我嗎每個
星相離奇的夜晚我仍豎起天線靜候你的訊息

1980

Chapter 2

1984–1989

克克.

我撿到一顆頭顱

我撿到一隻手指。肯定的
遠方曾有一次肉體不堪禁錮的脹裂
胸壓陡昇至與太陽內部
氫爆相抗衡的程度。我說：
一隻手指能在大地劃寫下些什麼？
我遂吸吮他，感覺那
存在唇與指間恒久的快意。

之後我撿到之只乳房。
失去彈性的圓錐
是一具小小型的金字塔，那樣寂寞地矗立
在每一個繁星喧嚷
乾燥多風的藍夜，便獨自汩汩流著
一整個虛無流域的乳汁——
我雙手擠壓搓揉逗弄撫觸終於
踩扁她——
在大地如此豐腴厚實的胸膛，我必要留下
我凌虐過的一點證據。

之後我撿到一副陽具。那般突兀
龐然堅挺於地平線
荒荒的中央——
在人類所曾努力豎立過的一切柱狀物
皆已頹倒之後——不正強烈暗示著

遠處業已張開的鼠蹊正迎向我
將整個世紀的戰慄與激動
用力夾緊：

一如我仰望洗濯鯨軀的噴泉
我深深覺察那盤結地球小腹的
慾的蠱惑

之後我撿到一顆頭顱。我與他
久久相覷
終究只是瞳裏空洞的不安，我吶喊：
這是我遇見過綴最精緻的感傷了
看哪，那樣把悲哀驕傲噘起的唇那樣陳列著敏銳
與漠然的由玻璃鐫雕出來的眼睛那樣因為痛楚而
微微牽動的細緻肌肉那樣因為過度思索和疑慮而
鬆弛的眼袋與額頭那樣瘦削留不住任何微笑的頰

——我吻他
感到他軟薄的頭蓋骨
地殼變動般起了震盪，我說：
「遠方業已消失了嗎嚒？否則
　怎能將你亟欲飛昇的頭顱強自深深眷戀的軀幹
　連根拔起？」

之後我到達遠方。
一路我丟棄自己殘留的部份
直到毫無阻滯——逼近
復逼近生命氫的核心
那終究不可穿越的最初的蠻強與頑癡：
我已經是一分子一分子**如此**徹底的分解過了
因而質變為光為能
欣然由一點投射向無限，稀釋
等於消失。

最後我撿到一顆漲血的心臟。
脫離了軀殼仍舊猛烈地跳彈
邦浦著整個混沌運行的大氣，地球的吐納
我將他擱進空敞的胸臆
終而仰頸
「至此，生命應該完整了……」當我回顧

圓潤的歡喜也是完滿。
傷損的遺憾也是完滿。

1984

對峙

你以為就守著小小的一己的悲愴
就足以和全世界對峙？呵

或許一枝小草都比較明白
曾經用莫札特或杜斯妥也夫斯基
砌成的城砦也禁不起一次眼波
的餘震或者是

一次手淫。

1984

我們總是愛人一般相遇

我們總是愛人一般相遇
在以為彼此具有朋友的素質
之前，便做過愛了
然後發覺
真的只適合做朋友——

懷著親密的罪惡
短暫地游移
濃霧侵襲的房間
雨下十日，黃昏盤據不去
末日情調深深浸濕了靈魂：

「走開，我病了……」

然而闖入的音樂語帶威脅
彷彿兩隻相互挑釁的腿
為無法找出一種更親密的姿勢

而無比絕望

1985

秋思

我踩著同樣一條秋香色的小路
去到每天吃早餐的地方
和一陣西風相遇
他短暫寒喧後
便和我喪失久遠的記憶交談——已經秋天了，
我知道

秋天裡，我總是活在過去。

我告訴他，我每天初醒時的不悅：「
因為睡姿的關係……」我發現
那姿勢總像是期待著凌辱
和死亡

（彷彿也有一點點的愛）

然後他談論他遇見過的
海上騎鯨的少年
失足鳥
森林裡母狼奶大的獸童……，我說在我的詩裏

他們都活過——
我也要去遇見。

「我也要去！」
秋天在耳邊
如此胡亂糾纏耳語，威脅。

1985

樹語

他總是攜著罐罐綠色顏料來來去去
總是忙碌地，匆匆經過
看不見我——

直到他下葬
就躺在我的根底下
我一千隻手臂擁抱的範圍內——

我不能再奢望
他會染染我那些枯黃的葉子……

（因為他也綠不了自己）

每夜我只吸吮他
唱那首反覆不已的生命之歌：

莎莎。**莎莎**。**莎**。莎莎莎。

常綠樹

於是在我淚眼模糊當中，看見了
那些永遠綠著的樹

濃重油彩堆壓的冬日陰雲
雲中黯黯煥發的潮濕　而不朽的樹

一年四季無時不刻　不管刮風
下雨地　綠著——
像無解的詛咒
塑膠一般詛咒著大自然

為什麼不綻放之後枯萎呢？
我聽見自己在問

在萬物發了狂一般雜交泄溺且排卵的熱帶夏日
我聽見自己在問自己：

為什麼還不枯萎
為什麼還不枯萎
為什麼還不枯萎

射殺鋼琴師

鋼琴裏藏著一具屍體。沒有聽眾
聽出　這個事實來——

彈琴的後來學醫去了
放棄為死亡伴奏的殊榮——他這樣告別：
「神奇的鍵盤樂器一直是人類聽覺最大的挑戰
　盪漾詩人氣質同時是實行家的決斷
　和宣傳家的聒噪……」

每當他的手指在敲打
春之祭禮某小節時便能清楚聽見
靈魂，碎裂在他小指關節裏——

屍體啊，鋼琴安然闔上
等待入土儀式
葬禮上哀感的人們會說：
「這真是一具形狀怪異的棺木呵……」

那深埋的寂靜
初次顯得音色完美。竟也沒有

聽眾
聽出這個事實來。

1985

Chapter 3

1990–1994

在A片流行的年代……

在A片流行的年代裏
我們都記得一名擁有三個屄的女人
在第四臺簡陋的攝影棚裏
她三個屄分別被稱做
現象　本質
和屌

她毋寧是驕傲的
相對於我們無知的渴望——如同
所有拒絕推銷保險套的脫星一樣
我每晚皆以陽具向她
肅立致敬

在偶爾捨棄皮鞭和刑具的良夜
尼采虛脫也似地瘋狂尋找超人——
月亮嗎？全世界最大的一顆迷幻藥
已然圖騰了半個地球的水泥叢林
但我們已然超越追求心靈的年代

超越雞姦和虐待的年代
超越了靜坐　觀想和無我：
「別解放我，**請虛無我……**」
A片裏的一句台詞
遺失在七七四十九重天
三千大千世界

「天人尚且五衰……，」我說：
那麼何不當頭賞我一泡你的屎和尿和無盡自在
樹木花果，日月星辰
即便被催眠的猩猩也無從洩露
我如何和自己19歲的影子作愛
如何在作愛中培植體毛和智慧……

久久，而久久我立在真理販賣機前
希望投幣口能接受我手中的銅板
屌能接納我的屌——

（無論是在本質或現象上）

在那個A片流行的年代
慾望是地球表面
新隆起的一座火山口

而快感呢？快感多麼小心翼翼而努力
如一隻飢餓的蚊蚋
在爬昇與墜燬之間

偷偷親吻了正在手淫當中的自己……

1993

保險套之歌

1. 性＝保險套？

那個時候慾望的年齡還很小
自我還很完整
快感還很純粹，信仰還

靈肉合一。

那個時候他祈禱
總是把
肉

唸得很大聲

2. 全程使用

當然有人是從不屑於談戀愛的……
他們只是不斷做愛
唾棄。
做愛。
唾棄。
做愛。
唾棄。
做愛。

他們是好人總是不斷
洗面革心

3. 慎選品牌

不勃起是困難的。

4. 多種口味及尺碼

終於他承認（他所理解的）性是

醜惡的
形而下的
標點的（非正文）
不連續的
變奏的
超越價值的
可以存而不論的
ＸＸ的

5. 可以不只戴一個

靈肉合一。當然
靈肉根本毫不相干兩碼子事，如同

雞兔同籠
水火同源
屌屌同□

6. 隨身攜帶

高潮。高潮。高潮。
（無意義的重覆）
一如情緒

太被關照的結果
就很容易變壞

7. 用過即棄不重覆使用

不厭倦。
不肯厭倦。
不能厭倦。
總之不厭倦。他自己
在鏡子面前（的時候）
看著自己
感覺靈感一如慾望（情愫）　炯炯

蓄勢□□

8. 不可合併使用含油膏劑

乳膠嗎？
麻醉軟膏嗎？
救贖嗎？
殺精劑嗎？

愛滋萬歲。

9. 讓我幾乎忘了他的存在

他愛撫他塑膠製品般的皮膚
嚮往一種久違的徹底解放的淋漓快感
指尖引導著夢的觸感
他明白（久久才明白）

保險套終究已成形為他身體的一部份

10. 敬請愛用保險套

敬請愛用保險套。

1990

欠砍頭詩

（一）我對肉體感到好奇

Y已經完成了Y的課程
並且開始習慣。當然唇既然清醒
要避免接吻
很難（
接吻，同樣
也很難）

Y依契約內容規定和一架攝影機
激情了30分鐘
上帝遺忘的一片無花果葉
並沒有恰好掛在Y的陽具上

Y在櫥窗裡親吻自己
彷彿這是一種特技
雖然Y不曾事先練習
如何使一隻大腳趾感覺興奮

但Y指出了真理。
一千種體液正滲進了血液
企圖取代我敏感而準確的器官
真理原是如此猥褻而粗暴
致死，如同一千種體液
正散發同一種爛熟的甜甘……

就讓唾液溶抗解酸的鋼柱和鐵鏽罷！
精液乾涸在唇的龜裂河床
痰液混合著花粉和魚卵沖向海洋廣

眼淚蝕壞了眼球傳染著巨大的盲……

（二）閉上你的陰唇

你已然明瞭這個體面但強暴過你的世界
情與非情的分野
獸與禽獸不如的人類

你說你已經成長成熟甚至
爛熟的境地
性與權力的重新分配
頹廢的屌與神經錯亂的屄
你也都熟悉

你說什麼垃圾皆可以倒進你的乳溝
你是頭頂生瘡腳底流膿的大地之母
你的褻衣萬國旗
你說讓我顛覆，讓我解構
讓我以凱撒的口吻說：
我來，我見，我被肏

當正義之師策馬轉進入圍城
這土地已被謊言包裹得無比光榮
你說這是聽不見良知之國：
「我愛豬肉。」語言教學如是教你
豬肉也愛你

豬肉愛我們。
（來，跟著我覆誦）
豬肉無比博愛——
如同海嘯本世紀以來最高的高潮即將來臨
如同潛意識中對法西斯的渴望：

可是
可是在我真正聆聽之前
你何不先閉上你的陰唇

（三）婚禮留言

我的至愛
今日我從你手中接過你贈予的指環
所值不貲
我將因此賦予
你合法使用我的屄的權利

你將餵食我以中餐西餐日本料理
韓國泡菜港式點心法國晚餐
當然，還有你的陰莖和精液
你的腳趾和體毛，
你的性病和菜花，愛人啊——

我經濟獨立，學業有成，人格成熟
今日並成為你惟一的妻
我將自此否認我的手指曾經觸碰過
其他同樣鴨豹亢奮的陽具
不記得曾經被父親染指
只仰慕你一人的喉結和體臭

我並不因此放棄節食和韻律操
肥皂劇與手淫
我曾經珍愛我的處女膜
辛勤鍛鍊陰道括約肌
但你我皆無法領會何謂童貞……

我的至愛
請接受我回贈你的皮鞭與烙鐵
手銬刑具與潤滑膏
（你為什麼不是一名納粹黑衫軍官呢？）

在這純白的婚禮上
我嚮往一名酷似你的多毛嬰孩
他將揪緊我的奶頭搾取其中乳汁
我將因此興奮體驗
此生我的無上幸福

（四）肛交之必要

我們從肛門初啟的夜之輝煌醒來
發覺肛門只是虛掩
子宮與大腸是相同的房間
只隔一層溫熱的牆

我們在愛慾的花朵開放間舞踊
肢體柔熟地舒捲並感覺
自己是全新的品種
在歷史或將降下的宿命風暴來臨前
並沒有什麼曾被佛洛依德的喉嚨不幸言中

（我們是全新的品種
　豁免於貧窮、運動傷害和愛滋）

讓我們呈上自己全裸的良知和肛門供做檢驗
並在一枚聚光的放大鏡下
觀察自己如何像鼠類一般抽搐
感受狂喜疼痛
毛髮被血浸溼像打翻了一瓶顏料——呵，我們
我們是否能在有生之年有幸證實肛交之必要性……

勢必我們要在肛門上鎖前回家
床將直接埋入墓地
背德者又結束了他們欺瞞的榮耀一日
沒有人知道縫線間的傷口包藏著什麼腐敗的理由
我們何不就此失血死去？

（那個說要去敗壞道德的人首先脫了隊伍
在花朵稠密處舞弄頭頂的光環
至少他，他不曾證實肛交之不必要性……）

但是肛門只是虛掩
悲哀經常從門縫洩露一如
整夜斷斷續續發光的電燈泡
我們合抱又合抱不肯相信做愛的形式已被窮盡
肉體的歡樂已被摒棄
我們何不就此投入**健康沈默**的大多數？

我們何不就此投入多數？
多數是好的
睡眠是好的
做愛是好的
不做愛也是好的

無論是敲扣或直接推開肛門
肛門其實永遠
只是虛掩……

1990–1993

夢遺的地圖

當小王子遭遇小王子
當黑衣騎士（哥哥）決鬥白衣騎士（弟弟）
當水龍頭眺望下水管
當拇指愛撫小指

當金熔化了鉛
當汗水穿過淚水
當嘴唇跳躍進陰唇
當抽象畫懸掛著抽象畫

當顫抖重疊上顫抖
當海浪裝飾海浪
當尖叫刺破另一聲尖叫
當現象影射著現象

（與本質無關）

當呼吸搶奪著呼吸
當力抗衡著力
當陰影迴避陰影
當毒藥稀釋著另一杯毒藥

當星球運轉著星球
當虛無虛無虛無
當門開啟著門
當時間夢見了時間

當死亡複製著更多死亡
當快樂消滅了另外一群快樂
當快感模擬**另一次快感**
當龜頭敲打著乳頭

他夢遺了。
他是王
夢遺出一塊屬於他的版圖
生
與死的潔白床單上

當月經
翻閱著另一本月經
他戀戀不捨，當夢遺
預言了下一次的夢遺……

1993

不可以和動物發生性行為。母猩猩說這句話說的其實是人類。

「這我知道，但我仍希望對方是一匹獸……」

綿羊說：「在金星落入寧靜海所激起的海浪之高度面前……」喵喵喵喵。叫床的聲浪如波波羊背起伏在一望無垠的大草原上。喵。喵。喵。喵。狼來了。狼來了。狼在綿羊的床上無比溫柔。

長頸鹿：「**只有人類**才迷信正面性交。」

但蛇不屑極了。他不能明白為何人類的性器官會模倣另外一種生物。包括眼鏡蛇頭的直立。

人類騙狐狸說人類天生是一夫一妻終身單偶制的動物。

抹香鯨罕見的帶倒鉤陽具，承受得起深海兩萬噚累積的壓力與海底活火山外洩的高溫，與核子潛艇潛望鏡的搔擾性蒐尋。「我游過了整個太平洋與半個南極，才遇到地球上另一個同類，剛巧，我又不喜歡他……」而且都是雄鯨。但我們仍在黑暗的海溝做愛做了**一整個月圓**的時間，才各自離去。因為下一次遭逢的機會太過渺茫，而彼此竟也都本能地知道如何從同性的身體裡擷取溫暖與感動。你看見金星掉入寧靜海所起的高昂水柱了嗎？那不過是從我們背部的通氣孔所呼出的一小道水花而已……下一次相遇，或許，我們會更懂得留住彼此的技巧，畢竟，愛好獨自遷移是我們抹香鯨天生無法改變的習性……

老虎上場了。在全人類馬戲團的鐵籠裡。
「別催促我……」老虎說：「但請儘情鞭打我，拿你最長最好的那支鞭子……」沒有人知道老虎為什麼會跳火圈或滾皮球，那些蠢把戲分明違反了他們的天性。在全人類馬戲團的鐵籠裡，老虎深深愛上了他的馴獸師。沒有人知道這個祕密：每一隻老虎都是受虐狂。沙德的信徒。只有當老虎被鞭打得太過興奮而一不小心弄死了那位高大俊美又自戀的馴獸師時，全人類才會嘩然舉槍，射殺了那隻無辜的陷入熱戀的老虎。罪名一律是：性變態。
而非，**獸性大發。**
做為一隻老虎永遠的幸福與悲哀是：時時感受到被愛而無法回報。

但狼人與吸血鬼都愛極了姦屍：屍體比活體有許多好處。富於食物的聯想。安靜。不反抗且配合度高。「當你做愛途中真的感受饑餓時還可以咬下一塊肉來解饑。」狼人說。吸血鬼則強調姦屍有一種平等性：「因為我和屍體都是冷血的……不會有和活人做愛，邊做邊揮汗的躁熱感。多愚蠢的人類，只懂得用水和火使屍體發出香味……」

恐龍一邊搖頭說：人類太喜歡繁殖後代了……以致於不明瞭做愛究竟怎麼一回事。

一隻鸚鵡飛來，啣走人類的舌頭。

「真的有動物願意和人類性交嗎？」

沒有一種動物屑於回答。

讓我流血——愛麗絲夢遊陰道奇遇記

讓我流血，請讓我流血
在這凡人所建構的柔軟世界裡
我想我好想流血
當一百個相互乖離的人生方向迷惑了所有眼睛
和肉體時，請讓我讓我流血

流血，當我厭倦了繼續做一名光明的處女
在這凡人用坐墊、椅墊、靠墊、置物墊、衛生棉墊
所構築起的安全防漏世界裡
請用鞭子饗我以痛楚的真理
烙鐵醒我以灼熱的清明

讓我流血流血
流血繼續流血以証明我是一名稱職的處女
以你男性的堅硬和尖銳
展示你巨大的胃囊森然的牙
溫暖的肛門和通暢的直腸
還有你肥腫的腦葉和煽動的鼻——

（你原本希望我仍是兒童但我已經長成具有乳房
　恥毛的
　女人而你還是原先你所認為的戀童症者嗎？）

當這柔軟保濕**無接縫的世界**欺瞞了靈魂
連帶也愚弄了你的肉體時
請讓我跌倒讓我因**快感**而銳叫
因瘋狂而和善
因眾人的無和而崩潰：

「然而**無法原諒的**是你已經先我衰老……」
所以

（讓我流血）所以
我必須統治金屬玻璃和光
人生的一百個方向皆指向虛無微笑的貓臉
和我無處藏匿的陰道
陰道裡最深處神祕的光
竟照不亮生命終極的祕密：

我是**處女**，**而且我渴望流血**。

貞操帶上著咬斷龜頭的鎖
快感如蛆寄生在下腹受詛咒處
我終於流血流血**大量流血**快樂地流血
當我走在人生以**金屬玻璃**和光所砌成的大道
我終於放心地流血大量流血虛無地流血
趨於極樂地　流

（這不叫手淫）

血而我終於和凡人嚴重擦撞
失去我的完整開始如願以償地
流血——謝謝金屬，謝謝玻璃，謝謝光
和烙鐵。皮鞭。謝謝
你永久勃起的男性
你堅硬尖銳易割傷自己別人的陽具
謝謝無時無刻不無理闖入摩擦的摩摩擦擦的

光。

1994

肉體填字謎

你將我填入了方格
那具體象徵著我在你心中的幾何位置
你同時思索著其他許多**許多肉體**
以及如何將我和他們連成一直線

橫一：絕對男（或女）在靈界的性別機率。
橫二：道德重整的必要性探討。
橫三：快感的熵值。
橫四：身體各部位所對映的靈魂的**形而上**意涵。
橫五：什麼姿勢為什麼讓你覺得嘔心。
橫六：聆聽。

直1：白痴的父親強暴白痴的女兒所生下的兒子。
直2：**天使的性器官**之暱稱。
直3：會行走的子宮。
直4：死亡在物理學上的同義辭。
直5：你一生所需要的空白。
直6：肉體是你最初及最終的信仰嗎？

死的模擬

我夢見了我是如何死去的。呵呵，
足以釋懷的，是那一瞬
我想到你——
在鬆脫的靈魂亟於攀住肉體的一瞬

當鼻尖頂住了天花板，飄浮起來的思維
並不能確定就此重返伊甸
或者光與精靈的殿堂；當
伸長了手卻摸不到地球
當我感覺身體正通過另一個子宮——

是一種尖銳的饑餓召喚刺破了羊水，啊——
我知道我是如何死去了

彷彿以激越的心跳去計時
以一生小小的悲苦去丈量，人類所有
可能的悲愴孤寂……

我知道我將如何死去了：
並沒有另一隻手會接過我伸出的靈魂……，
虛空至此成形了
掌紋在掌握中扭動

我確信
我想起你
在背叛的靈魂亟欲掙脫肉體的一瞬，呵呵

我知道了**為何我想起死亡**。
我知道了為何我想念死亡。

美好牌

你輕易打開了我的裸體
像在打開一罐美好牌天然甜棗醬

你將我塗抹在白細平坦的土司表面
在我揉碎的乳頭上沾染蜂蜜

肚臍敷上酸黃瓜片後
再覆蓋以體臭強烈的乳酪

（服從帶給我滿足，和幸福）

當洋蔥屑如雪花飄下
我終於感覺些微生命的寒涼
蛋的屍體壓住我的呼吸
番茄的血流滿了臉頰，終於

我看見你的舌頭，如一塊濺油的漢堡肉
平放在土司的最下一層
接著是你森然的牙和陰暗的口腔——

（能有幾人幸運如我，在慾望中粉身碎骨——）

但是
你吃下你的舌頭，然後
繼續吃著你自己
一口一口，我看見這個尋常的早餐

你悲哀地一口一口吃著自己的肉身
你以自己做成的營養可口三明治，當然

還有你最鍾愛的
美好牌天然甜棗醬。

1995

想、我這男身的一生呵……

一、想我這男身

於是他就男人了
就
眼
耳
鼻
舌
身地　**男**人了

可是心裡還是一個孩子，沒有性別
在心之暗角佇立

淌著淚，安靜而沉默
渴求愛

於是他創造了**一個父親**
一個玩具般陪伴他的父親，在他潦潦草草的童年

以後當他長大，父親便成為他的戀人

二、我終於治癒了我的異性戀症

我終於也移植了一個屄。
擁有貯製乳汁的雙乳

每月一次
倒立精神的子宮，傾瀉靈魂的月經

（本能的腺體肥大）

愛密藏陰毛叢中的深穴
男人是洞口剎時掠過的小兔

我是誰我不清楚
但我知道我有病而佛說人生就是一場病

五根六識　無非病中夢幻
我幻中凝視此身，無所依循但

在剎那的領悟當中
我已治癒了我的異性戀症。

三、不道德標本

先天缺少道德基因
引發了
肉體熱

性愛狂
人生的**調色盤**上
暴風雨掃過
：
乳暈紅。屁眼紫。鬢角灰。眼袋藍。
淚銀。唇或陰唇黑。臍褐。
眉心綠。眼白。精液黃。舌桃。
胎記粉。瘀靛。肌橙。

1996

錯覺

有一種沙塵佈滿的錯覺
在你不斷上漲的身體累積　復累積
流動的，我的目光帶領記憶
穿過指縫
前來殖民你的下體

那是蓮花
那正是花開一瞬
那時風正轉醒
那時我正如一顆吹起的沙塵
沾附你**野蠻隆起**
又忽而四散的
慾念——

慾念是埋在地底很深很深的
一道礦脈，我的小腹
正敏感地抵著它隱隱的搏動：
「撕裂我，否則**愛我**……」
否則打開我，我凝結如岩的部份
我流盪八方的部份
我癡昧無名的部份

我無視時間捉弄的部份——
神祇於造山運動之後

又一齊沉入海洋
芥子啊芥子
芥子飛滅於慾流三界，三千大千
營造了沙塵滿布的錯覺

「我們將不是老了而是舊了……」

因此生厭離之心
毋憐汝色，毋愛吾心
在礦脈終止的地方
你身體覆滿了飄游細碎的蓮花是錯覺
你身體流滿了風生潮起的沙塵是錯覺

遍體清涼無垢的觀音是錯覺
我躺下
我畢竟真正躺下

可是，這躺下
是錯覺

1996

第四台 強壯 專線

首先接吻是必要而基本的暖身——
如新月帶動整夜的體溫你們可以
只動舌頭
不動上唇　去喚醒大腦凹處渙散的神經記憶。
接下來是擁抱　你們可以仿效許多
動物譬如　烏鴉　你知道女人的
精液一如男人的勃起是一種標記
但高潮是抽象的肉體之窗　外的
想像的風景　不在你們
摩擦的器官裡面所以一如米粒與
胡麻的擁抱　你們必須切記人都是
相同的胡麻　你們必在射精之後馬上
各自走進各自的浴室　梳洗
之後餵給彼此清水與問候，與回味
你們會發現肉體上　綿延不斷的指紋與齒痕
新月一般在白晝照耀　提醒
某種夜裡洋溢的感受你當
不再執著於肉紅色**的月光**
而指認出一旁星星的名字　幫助他　也
幫助你們　達到高潮　（的對象），彷彿從事一
種修行（
你們開始　指認管轄肉體的神祇
高潮**必須結束於低誦**
一顆星星的名字……）

你們和**你們的眼睛**打開有線頻道
看見星星，星星
知道怎樣做愛，怎樣**指導**做愛

彷彿那是
星星的修行……

1995

Chapter 4

1996–1998

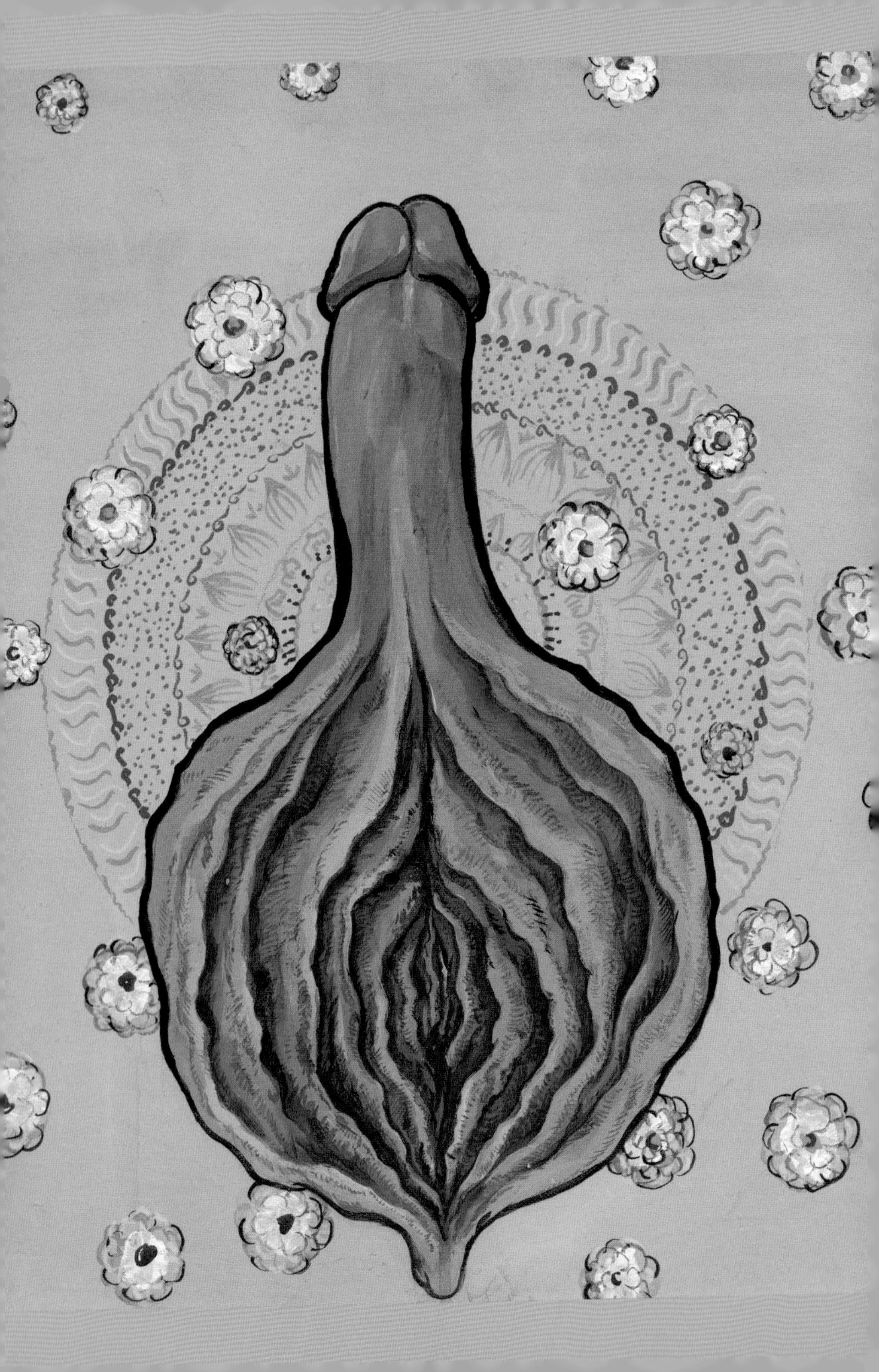

下班後看 A片

看見兩個女人在做愛
頓時有一種雌性的真誠
溢滿了他的雙眼

兩個女人
不必扮演男人，也能做愛——
如此取悅，如此潮溼
如此　泛愛

眾而博施於民的
A片屬於陽性
讚美的辭彙——
雖然那兩個女人未必
真的想念彼此真誠的陰蒂——

但他由衷喜歡
想把自己的雙臀捆綁成好看的禮物：
　別教育我
　請鞭打我……

性是值得深深嘉許的
開在深深陰道裡的裝飾花——
慾望則屬陰性
靦腆的，無氣味的詞彙
在兩個豐美的女人的四雙乳房
的摩擦之間他願意那時他極度許願：

他願意是待哺的

永遠嗷嗷待哺的陽具——
在四隻乳房之間被摩擦然而同時
又希望自己永遠是在上面

正面性交的
雄性詞彙

1996

不要戴套子，好嗎？

花朵趁著夜霧戴上頭套
以免黎明時綻放的芬芳污染了這個世界
當群山也**紛紛戴上**白帽禦寒
你來到我的裸體，企圖
成為另一副裸體——

當枕頭事先穿戴好枕頭套
我們開始卸掉眼罩口罩耳塞與髮網
乳頭像兩顆金屬光澤的按鈕
觸碰時全世界剎那停電——
但你拆下房間的**窗簾壁紙**與地氈
重新裁成一個人形的套子
為了預防仙人掌過度繁茂
你說：這一切都是為了預防

刺破　與
流血。但隨髒話而高舉的中指
竟也迷戀上說謊的套子，當種族主義者
對著經血如湧泉的沼澤唱歌：
肏，肏，肏肏，肏
我的國，我的家
我的人民萬萬肏——
時，我決定暫緩我的裸體

——**選擇是，衣著完好只裸出我的陽具**
還是更令人沮喪底戴著套子的裸體？
我決定，暫緩
讓象鼻定義我的身體
讓香焦掠奪人民的嗅覺——

我說：**取悅是必須的**
然而口號令我陽萎
還有這無所不套的套子一如警察的線民
納粹的手勢
法西斯的**宣傳**小冊

電視上的競選廣告般
令我舌頭、乳頭、龜頭陽萎
我說，溪河選擇了低處前行
而不成其低下；
雀鳥棲於高枝亦不成其雄踞
人戴不戴套子，原也不成其□□

而□□也必須戴上套子。
你堅持。

1996

亂碼

由命運送出的*E-mail*
今晚不經意在你書桌前顯現
但你看見的只是一堆亂碼
和映在螢光屏上無表情的臉：

「從來真理都是如此顯現的嗎？」

思緒閃過不及千萬分之一秒
但已經六兆四億萬劫數
——你反射式進入進入又進入
又反射式地消除消除再消涂
（你只能選擇一種命運）

——在指尖觸碰下一枚按鍵之前
突然靈魂抽搐了一下
那藉由網路因而全人類
全宇宙生靈意志連結為一的一瞬——

你覺察
你徹底消失但
意義不曾顯現……像一封由亂碼組成的電子郵件
無比清晰，深奧，壯麗

不容違拗的　無意義。

一個好天

黑色的風景裡
一個行人猛烈地傷風著

潑墨一般，永遠的雨後濃雲大塊大塊
地上莊稼不生

只生青苔與枯椏，禿山與亂石
那寒涼空氣裡，有一個行人

一個無個性的好人行走
在線條與空白的邊緣

秋分之後永遠的潮溼裡：「
給一個好天罷……，配合好心情，」

心情永遠是一個好人
像在霞輝萬里的春日午後

曬乾了旅次的頭巾
吐掉那口幾年來始終頑固

卡在喉嚨裡
最後的一口痰。

畢竟

因為在你肉身遍尋不到一處接榫

於是我在你身邊躺下了
我躺下
我畢竟躺下

躺下，在你身邊
我畢竟在你身邊躺下躺下
躺下躺下躺下躺下躺下了

我畢竟

文字菌落

文字由大腦空白處產生
伸出透明氣根

吸收虛空中飄遊的思緒
一面茁壯一面變化形貌——

趨向冷血
且生出蓬蓬文字孢子

乘想像的風四散
於更多空白處落腳——

雌雄同體雜交亂倫兼行無性
生殖——

一切無限擴張的策略
只有不擇手段

（與為達目的）

終於文字成為**無症狀**的一種毒
且超越感官，致癮

向著光明又絕望的人生
詭譎微笑

招手。

可能

我眼見肉身掛在骨架上在時間裡瑟縮腐敗著
終於空了的骨架化成灰
灰在空中揚成攢動的塵
塵分解為原子，分子，電子……
無止盡的物質最小單位，如光如微量子……

我以為如上陳列的人生
一如所有　**殘念**
在時間設下的局裡發酵流變

是的，應該有另一種更寬闊的可能

（只是，何來的另一種更寬闊的可能）

可能的可能性或不可能性
如意識轉念的一隙

在生命的任何一瞬或不及一瞬
都熠熠發光……

革命家的臉

淚腺說：我只分泌真誠的眼淚。
眼睛說：我拒絕被遮掩，甚至是眼鏡。我
同時注視現實與夢境，**昔在與永**在，精液與
血液。
耳朵說：我從容出入七十種無法同奏的樂器，和
口號。
唇說：我已熟悉身體每一處地圖未曾標註的角落。
舌頭說：謊言使我病出一身苔。
額頭說：發光，發光，再發光。

早晨革命家依然仔細刮他的鬍子。
鏡子裡他的右顴已經全然碎裂，一小塊鋼片
卡在他的左頸動脈上。
窗外群眾正扛著標語和拳頭行過
他把頭探出去

一如他昨夜睡過的村婦那般
無知懵懂
好奇。

背面的物理

我來到我的背面
我竟然來到　我自己的背面

我想，再確定
那人就是我——然後

（我發覺，我走不到我的正面）

我無論如何
看不見

（我的臉　成了
永恒的謎）

這是我在夢中一再溫習的
關於生命　的物理

定律。

方格雲

像天上紛紛出現了方格雲
像地上人間臥室裡生殖器上出現了馬賽克

像電視螢幕閃動的**不良雜訊**所暗示
時間對機件的磨損——

每個忙於打掃高潮
之後房間的家庭主婦其實都知道

那是那台製造**今生如夢**的超大電腦
到了該汰舊換新的時候了……

插曲

插曲在今天早晨的餐桌上
突然**成為**生命主題——我眼見
命運之手持木梭飛快
紡織著情慾的經線　緯線　經線　緯線

經線　緯線……而終於
沒有呈現任何可辨識的圖案——
在我**一生藍圖**上

（甚至不是抽象
或充滿隱諭的寫意……）

在我與百人之九十九人雷同的一生裡
我終究承認
曾經**生死以之魂夢相隨**的
主題

是插曲。

符號5首

1. □

□
□出現了，小小底
在某個被稱作方格的地方毫釐不差地
有時標明著□　有時
是空白

或者是省略（□多麼尷尬）
或者只是純粹的方形
幾何　和人生的意義
各自分開獨立

有時是一種遮蓋
與塗改
在被認定是錯誤或禁忌的領域
可以無限增生
□的複數形
任意排列繁衍　操縱著記憶

但　□同時又是窗口
洞穿的光
自虛無
框出一處自成風景
好呈現無限

但□終於自覺
不願再做個被動的馬賽克
被取了個名字
努力做□

終於成為偉大
巨大，廣大

的大
□。

2.「　」

從□被斜切而過　二分　但
充滿復合的慾望
永世的饑渴
使「」永遠**吃得過多**

在復合之際
不及吐盡的食物
稱之為

援引

3. ……

永遠下不完的雨
像所有任何一次雨季
所下的雨滴數
的總和　那般富於指涉

未完的關於
．．．．．．．．．．．．．．
所未曾表明的
一點雨天的意思

曖昧的陰暗的天
所夾帶的潮溼

所省略的記憶

4.　o

據說已經結束　口氣
用的是過去完成式
完滿的圓

意謂著結束

所以就畫了個圓
不管圓不圓滿地
結束了。

5. @

跟隨會玩電腦的老鼠
愛麗絲這次來到了網路奇境

像複雜聯結的腦神經元
所有人類的大腦經由@
又組合成一具**更繁複**的大腦

然後佛家就會宣稱
那就是終極的　完整的　惟一的
宇宙大意志

也就是
佛.Com

援引自《奧義書》裡的無言之歌

你遲疑著說：「　　　　，　　　　！」然而又反悔：「　　，　　。」「　　　——」你改口：「　　　　　！　　？？？」又改口：「　　，　　；　　……」當暴雨來你改口歡迎：「　　　　！」但鸜鵒悄悄密告了：「**請襲打我別潤溼我**。」海浪回以嘲諷：「…………………，」您無法結論：「XXX，　　　？」是的你還是誤用了語言：「　——　　，『　　』　，」終於沉默：「　　，　　　！」你想到你應就此永遠沉默：「　　，　　　　——XXX。」但自言自語仍然還是傳佈開來：「　……」你說（嘴裡含著**真理**咕噥著說）：「你最不喜歡這未盡的曖昧的該死的他媽的點點點點點…………………………。」

嗯，牛帶給我不同的快樂

——牛年為 牛而寫

老虎斑爛光豔的皮毛走過面前
如此華美的獸我屏息佇立甚至不能
逼視

兔子不及瞬目
便消失在愛麗絲的夜夢草叢

龍刺在**肉體的**多沼澤處
做愛因而抽象且莊嚴
且靉靉靆靆

蛇簡單神祕
欲言又止的雙唇裡，有毒

種馬馳騁在腹肚之平坦草原
是新月處女一次愉悅的顛簸

羊蹄把腥膻散布整座草皮之後
騷動一直漫延整個市集，餐桌，廚房
最後是床

美猴王在每日享用二十隻母猴之後
終於在虛無的黃昏遁入空門

頭冠飽漲得難受的雞又發病了
躍向黎明前的屋脊
宣稱全世界的太陽
都是他藏匿的情人

而你看狗的性感帶多麼廣
長長的兩排乳頭
同時需要六　或八張嘴

你是豬，豬頭豬腦
口水太多胃囊太大而腦容量太小
而且專家說：
「……吃飽了是沒有性慾的，」

鼠爬行在鼠蹊

而牛，踏著牛步終於來了
沈默勞苦的愛情事業
耕了又耕
擅於反芻

嗯，牛得確**帶給我**不同的快樂……

對盲者說

我猜**紅衣**是你的顏色。
雖然我無法向你解釋
紅穿在你身上的感覺
——雖然，即使我已為你穿上
也終究有人會為你穿上——
你那一身紅衣又毫無所感的模樣
我想讚美

但終究緘默
一如我在輝煌得不能置信的黃昏中緘默
一如我在任何平凡不凡的光影或時刻裡

想起這視覺的美——
我如何教你**撫摸**　品嚐　聆聽　出
這紅

以及紅色對你生命的意義
——呵我緘默了束手
我閉上雙眼假想並

回想光影一直如何輕易又何其神奇地進入我眼底
而我又一向如何廉價使用著
如何輕忽，這理所當然的

紅——乃至
你整整齊齊的模樣
呵我呵我們**有眼族**何其專斷且殘忍

替你賦形著你自己不能參與的形貌
我們毫無理由就替你決定**你應該**和我們全然一樣
（……除了你們的盲）

我確信你看不見我形貌
一如你也確信我走不進
你的由溼度溫度觸感味嗅與心念構築的世界

「人本就該**座落孤獨**座標的中心……」
唯有愈孤愈獨
才愈明白生存——

與生存的無窮可能，譬如
眺望一個**輝煌得**令你不能置信的黃昏
我將邀你伸手**撫摸我**靈魂裡不斷撼動的

這個彩色黃昏——
我們相同的五根六識的妄念
將告訴你我什麼才是

穿上一件**紅衣**的感受——你喜歡嗎？
你喜歡你看不見的人間嗎
在逐漸沒入黑暗的黃昏之後。

原來人都孤獨活在自我的彩色世界
又都不免一齊沒入全然的黑暗

而那黑暗
盲者，你當比我**習慣而且自在**……

從沒有人向我提及

從沒有人向我提及正義與公理的問題
只在地上畫著直線
問我：**你站哪一邊？**

一邊是炙人虛脫的艷陽漠地
一邊是無底凝縮的寒夜夢土
一邊是峻翹銳利的光禿崖壁
一邊是洶湧渦漩的千浪之國

我說那寧靜，**寧靜**在哪一邊？

寧靜在天涯第一道黎明曙光初露的地平之線
寧靜在雨後彩虹落地時溼晴交界的霧鎖異鄉
寧靜在鐘聲回響穿透寤寐間模糊的睡醒邊境
寧靜在第一滴眼淚重**回龜裂臉頰**的剎那荒原

我落後在富有且成功的隊伍身後
很遠很遠　但
身後仍有很長很長慈善與樂捐的隊伍
光明和向上的隊伍
正義與公理的隊伍

沒有人不在隊伍裡
沒有人不急著將煙火點燃
沒有人不精心妝描五官

沒有人向我提及正義與公理的問題……。

請以平常心看待異性戀

佛要生命寂滅。
佛站在每一個吋吋開啟的子宮前
極力阻擋：**回去，回去**……

回到受精卵以前
精與卵以前
*DNA*與*RNA*相遇之前
那時，一己之貪執尚未成形——

「那時或許阻止生命巨流的成形還來得及……」
佛在失神的壞劫空劫之間
悲傷地站在奈何之橋觀望
沸沸揚揚的生之慾流
已　　**浩浩**
湯湯

看，每一道激起的細碎浪花即是萬千血染頭顱
聽，每一聲水流的嗚咽都聚集了無數人間嚎啕
無比慈悲呵！

佛掬起一把生命江流的濁水
每一把都是苦海無邊
每一把

都凝視著子宮
裏頭執迷未來的小手
萬萬千千雙**攫取復毀棄**復攫取的小手
為**異性戀者**們所深深愛悅，喜歡：

「我也要擁有這樣一雙貪愛的手……」
異性戀者說。彷彿
一則寫在潛意識裡的廣告文案
無數個我因我因我再**因我所愛**而繁衍繁衍復繁
衍……

「你也可以擁有這樣一雙……」
異性戀者的神聖的屄與屌
勤於，呵，勤於護衛著生殖與神蹟
像一則寫在超意識裡的政治宣言
於是他與她氣壯而理直地摩擦摩擦復摩擦

佛說：那麼
好罷。

（無可救藥的
　自以為
　擁有
　生理正當性　與

道德正確性的
異性戀者們……）

佛於是說：好吧。
異性戀者將繼續
繁茂昌盛
世世代代
代代世世，生息不已……**否則**，

否則眾生
眾生無從領會
什麼叫做
萬劫

不
復。

人人都愛——尹清楓

夏季新產品上市那日
公車停駛人人以影子於廣場上流竄的速度
奔向街口便利商店旁櫥窗裡的電視牆
裡的廣告裡的女人身體裡的套子裡的
呻吟裡的春夢裡的微笑裡的三圍裡的
舉起大姆指的
尹清楓

熱賣尹清楓。義賣尹清楓。
減價尹清楓。狂銷尹清楓。
推介尹清楓。愛上尹清楓。
發現尹清楓。回收尹清楓。
人人都將需要尹清楓⋯⋯電視上說：
再不使用尹清楓你馬上就會落伍嘍！

暗夜的法院張貼尹清楓。
長高的大樓偷竊尹清楓。
發霉的公寓傾倒尹清楓。
陽光的**操場包圍**尹清楓。
褪色的監獄，紙煙般，誘惑的尹清楓。
一口接一口

病毒般會傳染的
注射尹清楓
晚間新聞般可娛樂的
報導尹清楓
愛心慈善晚會般溫馨的
節稅尹清楓
減肥成功堪可祝賀的
嘔吐尹清楓

五鬼奔走於產品促銷日
氣球飛離了城市
人人以冰棒於烈日下溶解的速度
奔向百貨公司衝進櫥窗裡的落地鏡**前發誓：**
我是另一個尹清楓我發誓絕對是
如假包換貨既售出
概不退換的尹清楓　在
抽獎開獎日
中獎——誰是真正的尹清楓誰就可以得到
尹清楓

男來店女來電
叩應請說今日通關密語：

人人都愛尹清楓

人人都愛

□。□。□。

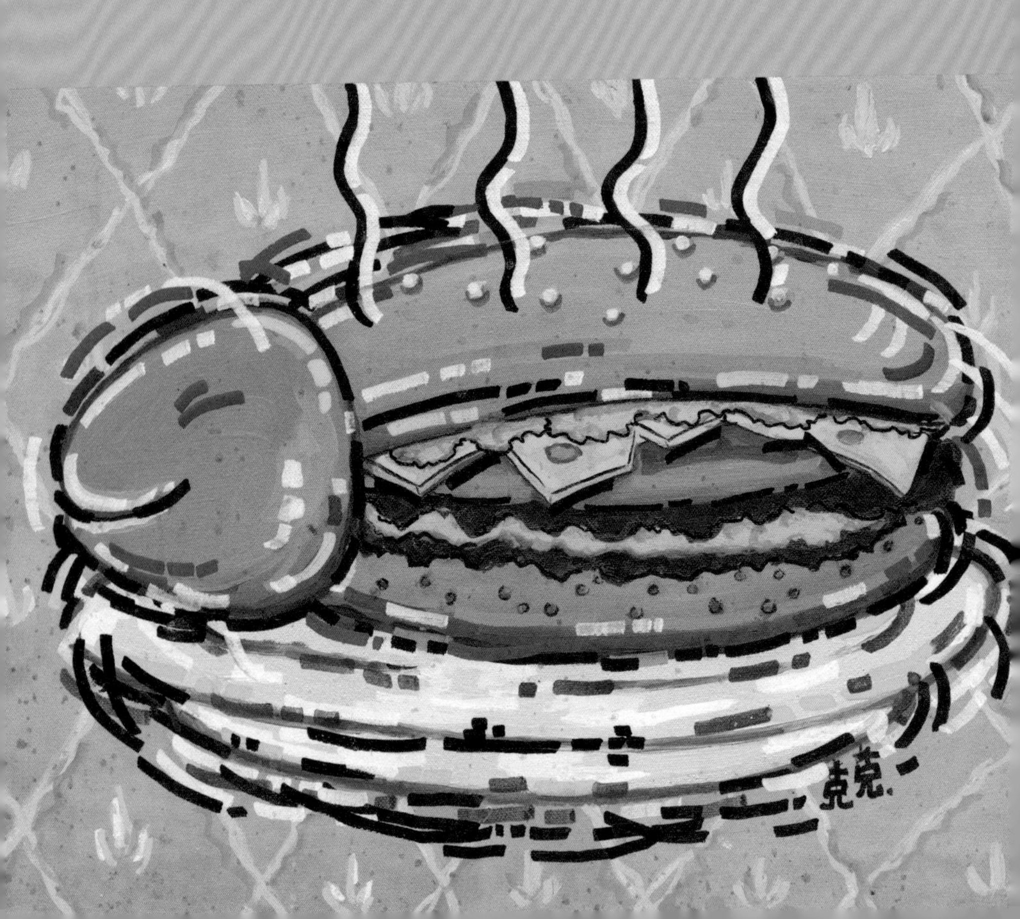

催眠

——尹清楓

你現在是真正睡著了
當你醒來（**醒來吧**）
好人們**便要開始**忙著與清潔劑周旋
一整個城被天使重新粉刷後
下彈殼的天氣原來就最適合葬禮
但報紙不斷提倡使用立可白
擴音喇叭被亮光蠟打造如新
每架收音機皆須套上隔音護套
電視被防霧劑霧濕
連八卦新聞也宣誓誓死進入碎紙機
地下傳單宣告新上市超強力去污粉
馬桶經意志的鹽酸刷洗後亮潔如井
清潔，清潔，**再清潔**——
去除污垢是時代青年的三大神聖使命
專門抑制耳語流言的速效殺蟲藥
在每片錄音帶上漂白著呻吟
你醒來——

現在請你醒來

之後，你（**親愛的讀者**）
將忘了
誰是尹清楓。

預言

島嶼如預言所言浮出了海面
而且如預言所言興盛於某個世紀末
病毒在那時適時由叫床的聲音感染了床單
一如預言你的薪水與痔瘡與刺青的位置一一曝光
你過繼給記憶的弟弟與第九十六屆總統的名字還有
預言所說你其實是一朵不斷隨風飄撒種籽的浮浪
之花——

但颱風其實在預言裡只短暫出現了一下
真正如預言出現的是你的第三十七號情婦
留在分屍現場中被指認的一截無名指
一如預言戴著白色賓士主人的冷翡翠戒指
大水將沖走一切灌過水的公共工程與犯罪證據是氣象
預報所不曾預言但島嶼將於何時沉沒則被紛紛言中

當飛彈的鼻尖吻過如雨後春筍般被收割的核能電廠
閏八月並未如預言所說你將遺失三顆鈕扣
加速禿頂以及愛喝新鮮羊奶預言只說
高爾夫球場將使萬噚地層下水質更加甘甜
在聽過明天太陽將照樣昇起
這樣的偉大預言之後呵——

島嶼將每年下沉十吋的預言當無法再激勵人心
預言預言著所有**預言將**被另一個預言瓦解同時
下一次選舉前的一粒彈頭將落在準星與死亡之間
預言中彈的那個人正以高票當選的姿態高舉雙手
說**良心良心**我辦事全憑良心預言預言預言像一則
良心的預言下個世紀是道德重整的偉大世紀預言說
每個世紀都很偉大但島嶼卻不只能夠擁有偉大
同時也能擁有渺小同時被預言架空又被
預言虛位化而確切又被預言
所擊中而由真實昇華為幻想

如一顆預言的病毒，悄悄入侵
沒有人認識的領地與企圖
在吻過所有沉睡中做完愛的情人
且吻過死亡如粗鹽遍撒過的大地　　的那時

一如**預言所預言**
島嶼重新沉入海底

那一日，人人都在預言……

Chapter 5

1998–2002

熱

生命因為一陣風而甦醒
從此，僅有熱。

熱流竄每條經脈穴位
因熱而**釋放的**慾望　及
因熱而融化，敗壞的愛……
每個人都按住自己的小腹，張口吐舌：

火，有大火小火急火慢**火天火地火**虛火實火有名之火
我的無名之火
如陣陣緩昇的暖煙

「生命原本就是一場漫長的熱症……」
因熱而誕生的幻覺，人世之海市蜃樓

你俯仰行走其間
依稀夢見清涼。

那不就是佛嗎？

那，不就是佛嗎？
你行走時遇見
上前要求合照簽名在T恤上
你問佛：明年我可否加薪
生子且長高十公分？
然後記者在電視螢光幕上
頻為佛打點粉底家庭手冊與別頁專訪：
佛與沙拉醬的後現代權力關係
上一期與下一期的模特兒
同聲抗議
堅持得排名在佛前面——
然後你的T恤被丟進洗衣機
水渦攪碎了簽名
一小時快照
軟片小姐驚叫
發現了
她生平第一張靈異照片。

緣

那個說他相信緣分的人
終於相信人間應該孤獨

應該孤獨地躺入情人的懷裡
孤獨地　戀　結偶　生殖

孤獨地在早晨撕下昨夜餿掉的的日曆
孤獨地　接受兒童擁吻

孤獨在下班的路上　行行止止
瞥見櫥窗裡的晚霞沉入擁擠的燈火

孤獨地　懷疑著所謂緣分
把自己**想像**成風箏

是誰在今生將他愈放愈遠愈放
愈遠，直到看不見線的那頭　的那人

直到他不相信陸地
直到他又**落回陸地**

終於依稀記起
手，決定放開風箏的那一刻

的理由……。

夢

夢不是真的
但我們確然活在夢的**身體裡**面

第一道意識的光劃破子宮
卻讓我又**跌落夢**的腸胃

我的肉身是夢的膽結石
野心是肝火

慾望是津唾
五根六識深植五臟六腑

我的淚與狂笑
造就夢的皺紋

我深深感受生的侷限
是夢溼黏滑膩且　不斷分泌酸液的胃壁

且日夜消化著我
我與芸芸眾生匯成的**情緒之海**呵

終於汪成一片濃稠的深綠膽汁——
我昂然的醒悟與燦燦的誓言

是從胃底昇起的無言氣泡
讓夢，打了幾個

嗝。

流變

提筆想寫下此時此地此**我**
心中永恒不易之事

流動的時光遭變的心思
始終載沉載浮攸忽**又已洄**游過幾處漩渦

指北針雖仍頑強指著磁場的原鄉
但，我確已飄離思考誕生的原點——

我確已失去眺覽世界的座標
我確已得到躑躅今生的迷執

而溯源的急切是累世未能洗淨的妄念綺思
而我的本意便是要以無明凡識來飄忽人間

是的，**流變不居**是再顯明輕易不過的結論
當我提筆之念才起

我筆下真正想要捕捉的片羽吉光
已然

流。
變。 不。
居

七巧板

一塊歸錯了位置的七巧板
終於在拼圖完成時顯現：

你沒**有位置**。

沒有你的位置
位置沒有你
你沒有

沒有你
你不是
正好恰巧不是
無論如何你格格不入——

在今生今世的歸屬裡
你格格不入的靈魂時時飄游意識之外

說盡了的你**必須孤獨**的理由
是的，同時從豎直的衣領後頭遠遠窺望

那生老病死父慈子孝的樊籠
那裡頭幽深**千年**的獸的**炯炯目光**……

路

無論輪迴論者如何確信不移
他們，及我們都確然只有今生

今生的路，像不斷開展的卷軸
我們是時光的旅者不斷前行，遭逢歧路

「請你選擇……」除了
不能重活一次

在那你事先眺見
又頻頻回顧
終於全然遺忘
的一生風景裡，你時時驚嘆生命之超越想像——

無從比較，也無法想見
別的路上風景

除了有限的時光受制於時間的我們
多麼著迷於自己選擇的路途所見

你看似處處選擇實則並未選擇
你似乎挑剔劇本實則太快入戲　且是

入戲太深的
今生的道路了……

打坐的狗

看見一隻狗在打坐，電視上
腹中滿懷舍利子

和我們一樣
行走與性交

甚至更遵從本能
更懂得討好人類——

但在夢中牠歷經了人的愛瞋貪慾
醒來頓覺生之困乏

只好

打坐。狗的關節因為打坐
扭曲成兩足行走的樣子

然後
人，紛紛仿效狗的打坐

舍利子，果然
鋪天蓋地席捲而來塞滿了整個地球……

噪與寒

一、躁

如艷陽曝曬下
沙與沙　間隙蒸起了暖煙

肝腎脾胃同處一室
腫脹的內臟日夜摩擦

生熱
舌上不知何時積苔肥厚

呼吸泛起腐敗之味
你又急又怒又野心勃勃又失望懊喪

無明的火
正將你細細熬煎

二、寒

你正從身體的最遠一端
逐漸失去感覺

你根本不覺得冷
甚至，不覺麻木

只是逐步失去眼耳鼻舌
手指逐節脫落

不覺飢餓
但腹中冰涼空乏——

你還來不及細思你所匱乏
身體最深的黑暗已然全盤

飽足了你。

三、噪與寒

你終於習得
生的滋味

寒與熱　布置著你身體的房間
一生，你已然安適

如火宅裡的保險箱裡鎖著的一塊冰
或昨夜落在無垠雪地上的一顆火種

今生你已然安適
又隱隱覺得

岌岌可危。

失足鳥

一如人被告誡不可獨居
或床第之間流浪

或在陽光乍現之際匆忙離開夜的身軀
像黴的孢子離開腐物

繼續飄遊在眾多挺立的性器叢間
待機著床——不可

人被告誡不可反面性交
飲酒駕駛，食肉，入魔走火——

是的，像鳥被罰以失去雙足
終身飛翔

飛翔，不是鳥存在的當然之姿嗎？你想

是的，在鳥終於墜落氣絕之前
我們永遠不懂……。

因為我害怕 生之盡頭 是虛無、

看見素食者煮著一顆蛋
是的，蛋

還不算是**有情眾生**罷——
必須再加上體熱　以及時間孵化

生命　與非生命的分野
有時如死　與生的微小差距——

一顆蛋的簡易真相
在生命洪流裡，一葉知秋地

讓我突然害怕：
我將剎時失去現時所有汲汲營營的理由

因為，那虛無
那除了死亡之外無所不在的**虛無呵**

彷彿正注視
我們正如何興高采烈地

絕望生活。

逝

像一首詩還只有題目
在假日用餐時間以前
被我全然遺忘——
雖然我確實沉吟　過一陣……

以為我將會完成的
一些句子和思想；一如
一如我以為會再和一些人見面：
深談之後理解
理解之後做愛

做愛之後彼此深深記得　　而且

記得很久。
但記憶中的人只相繼消逝
從島嶼到地球**的另一端**
當我提筆
生命絕望至銳叫的空白
佔據著書桌的全部，我只能唸咒般說：

出現吧我的詩
出現吧我的詩

您還不曾嚐過我肉身深沉的甜美呢
你怎能懷抱如是遺憾就揮別人間——

是的，當我停下行走與飲食
生活中若有所思的
停格——

——那略微沉吟，**的半晌**

卻便是我全部今生了。

我想知道，我能有多虛無

雲想知道自己有多重
便有雨了

才起心動念
我的一生棋局，即刻陷入膠著

我分明努力愛著
但其實，我不知如何去愛

凡事不在乎
也不在乎我的不在乎

我選擇了A
卻朝向B

我才剛剛C
便時時刻刻CCC

C至厭惡厭倦厭離
為止——

我想我不是虛偽而是虛無
像一顆淚灑在雨中的大海

意識如花
但鏡中的我僅是一盆面目模糊的觀葉植物

「努力罷，
　正因為你知道**努力到頭來**的徒然……」

我突然想知道我能有多虛無
因為，好像這念頭夠虛無。

說孤獨

你說每個人都不免是忙碌的洋蔥
虛空的核心原是孤獨

忙碌從睜眼第一瞬意識起念
甚或夢中你也永遠形色匆匆

因為剝之不盡所以你窮畢生之力孤獨
且無暇說孤獨無暇斥退那已

早早已稍稍顯露於你生命核心
在淚光中湧現且凝固的

一顆洋蔥的孤獨……

笑——人類一思考，上帝便發笑。（猶太諺語）

（一）

因無法停止發笑而痛苦不堪的上帝
終於哀求人類停止思考：

「雖然你們的思考真的很好笑……」上帝摀著
肚子：
但我害怕因而上癮

一如你們對思考上癮。
你們將會開始分析：上帝的笑論
笑辨笑考笑大全笑論文集……天呵我的上帝——

當因過度發笑而氣喘而無法進食而
吸進太多氧氣而中毒而痙攣

而不支倒地猶不能停止發笑的那時
上帝才隱約明白：

我以及我的笑
竟也都誕生於人類可笑的思考……

（二）

是人類說的人類一思考
上帝便發笑

在迴蕩八方九垓碧落黃泉的震耳笑聲當中
人類仍然無法暫停

思索包括對DNA的好奇：
像拆解之後便再也無法組裝的玩具
DNA，彷彿也預藏一旦啟動便終將自我毀滅的指令
借由人類之手（全人類之思考愚行）——

（知識之熵值呵
原也暗合宇宙之意志）

——毀滅罷DNA說生命洪流的必然枯竭
包括那由人類建構出來的上帝

還有他煩人不已的笑聲……

1997.7

在一片光害的天空裏

在那一片遭受光害襲擊的天空裏
雲朵和幽浮紛紛著火墜燬
只留夢境化作焦土只剩
慾的蝗群肆瘧：
「寂寞啊……究竟**出自內心**感受
　還是只是藉口？」

滿山的光害不過是夜狂舉的華髮
在地球無人的中心
我意淫著自己的倒影
不時呼嘯而過，幾道呼喊著口號
競賽著終點的意念
翻落絕望的危谷終於都在思維邊緣出軌——

啊這質量逐漸稀薄的宇宙，星星及神話
人類想像力的最初與完成，不自覺地
都已被光所蒙蔽
沒有先知指出這風景：

蛇般蜿蜒著身體
一條輝煌邪惡的高速公路來自伊甸
路上憂傷與**遺忘反向**疾駛

人類已經遺忘**如何**仰頭和凝望而

天空充滿光。

性別

（兩首）

（一）女人的隱形陽具

她的雙手自然而然棲息
在擋住男人視線的地方；
怡怡走過一排由小而大的啞鈴
之後，空氣中留下
人形的氣味令人恐慌

當二頭肌如陰蒂充血
她積極轉換為男人
或者
一個和男人對峙的女人——
有鋼質的骨髓與帶刃的臼齒
顧盼睥睨男人們羞怯的肛門。

她想被男人的目光曬黑
在一排排挺立如龜頭的槓鈴
或一面面閃躲如幻覺
的鏡子面前
她收緊小腹
夢想她渴望的粗礪與撞裂——

是的，女人不過是一種偽裝
她在膨脹她的大臀肌時
早已下足了一窩卵
在**胸　前　飛　鳥**
最後一次振翅的輝煌裡——

在一切指涉飢渴的隱喻裡
她是熠熠發亮的
因喘息而震動的

隱形的　不需恥毛和血管和海綿體裝飾的
如假包換的

陽具。

（二）男人的陰道慶典

男人頭上戴花在城市灰黯的節慶
一個名字不再被記誦的日子
但許多**花朵**因此死在躁烈的髮叢
或焚風的呼吸裡——呵男人們　　**呵**

呵，易開罐的碎牛肉裡的男人在玉米
或蔬菜濃湯在**經血或衛**生綿或在
吸飽或乾涸
甚至乾斃的模糊地帶裡

選擇了只接吻而不肛交　　　　或
不口交　　只肛交　　　　　　**或**
只肛交又只接吻

的午後的
那個男人體內長**出一朵奇異**卻又尋常如痔瘡的花

綻開的
那個男人只想透過**麥克風召集**全島已失去韌性的
肛門轉向朝上

鬆弛的
那個男人走向槌子敲打的講台說這是公平合法的
榮耀地被強姦

被敲打的
那個男人剝開藏於雙乳間的刺青撫著唉軟不下來
的青春舞曲喲嘿

於是的
那個男人極**女性地聲**明我也將或許大概不確定支
持所謂異性戀霸權

政治正確的
那個男人消失起淋過汽油的炯炯男軀跌坐靦腆抽
煙的螢光幕前

骨盆寬大的
那個男人懷抱著陰道交的崇高理想來到**名為所多**
瑪理想國的大門被拒

些微傷風的
那個永遠不會頭痛**的天體男人**擁抱著已然分裂的
止痛與壯陽意識

在某次午後手淫的虛脫感裡的
那個男人轉頭扭捏地打好粉底說總統，是總統的
人馬臨幸了嗎？

然而徹底失望的
那個男人終於將鐵杵**磨成繡花針的**鐵杵放進肛門
發現那一去永不復返的

粗礪與撞裂，他說
毋自暴自棄故步自封**光我民族**促進大同

的那個男人
東亞稱雄——的確是稱雄的快感惟艱
那個男人，和頭上那一朵花

稍縱即逝地在宇宙某處的節日慶典
躁動男人們的陰道裡

遊行而過……

眾生

狗執著於自身的氣味
以屎以溺佈置隱形的權力地圖

花　懶在陽台上
風與水與光操縱著綻開與凋落

一萬群蝗蟲乍現又乍滅於秋野
像一萬朵阿修羅祭出的黑霧

生之藍圖裡累世萬劫的記憶
在不經意轉眸的流光中閃逝

你確實看見因而明白而又不能
一切明白

一如蜉蝣於日光中的掙扎之姿只為
速速求得速死

但我們何其寶愛又必須厭離
此生，此身——

歷顛倒愛染終至無法
在黑白世間找尋彩色佛智

佛說這場無明之戲呵……何不終止，
人說讓我究竟明白罷……**到底不能**，

到底不能啊！
眾生與佛同時說：到底不能。

我只想保有無家可歸的感覺……

Homeless睡著了，城之意外角落
被我無意間發現
他鬼魅一般的睡眠

他夢見城市
而後，城市夢見我，我們
——我們不悅地**被夢見**，由夢中

產生存在
以及存在的幻覺
——我不知何者
此刻於我更真實　或重要

Homeless的睡眠，睡眠中的囈語
是我們日夜追求**奉行的**真理

而真理竟如此曲折
密藏
——當白晝Homeless連同鬼魅一起不見
我離家工作工作回家

家　與家之間
我一心只想保有一瞬

曾經無家可歸的感覺……

1998

一個不怕冷的人

您說看哪街上
有一個不怕冷的人

那是個日光陰慘的下午
無名大廈旁　遊蕩街與　離魂大道

地獄湖　的交口附近　出現
那衣履單薄的人，步伐緩緩

彷彿，時間因他拖長了——
城市浮動的暗藍與深灰

也因而冷凝
像死的油彩結在鋼質畫布上

一種風景的　確立
只因為他的行走——對冷無所感的

該對生命中無謂的消逝
也無所感罷？

他多麼從容不迫
在零度C中行行　止止　行行

止止……

1998

地鐵站的手風琴

那個粗壯粗壯的歌者深夜仍在月台上
演奏他粗壯的肺

肺葉打開人潮湧來
肺葉塌陷人潮退去

湧來退去　退去湧來
他的歌聲鼓動城市的呼吸

呼
　　　　　吸　之間
有一瞬確切的安靜——

我在離城的地鐵上
聽到城市亭勻的安睡鼻息

1998

在無法決定領帶的那個早晨

早晨出門又面對同一排領帶
想必相同的一天我發現
遲遲無法決定那一條

我該繫上
——相同的一天我仍該會是
深藍，鐵灰，鼠黑與暗赭；
相同的一天我依舊會是
圓點，斜紋，直條與草履蟲——

全新的一日如一條未繫之領帶
靜靜垂掛　等待　欲言又止——
雖然　我的花色早已決定

而窗外，有光的暗日
狂風與硝煙的世紀
時光被稀釋成透明，文明
文明啊只是極不確定的記憶
存在地球極早期……

——當我的手輕輕觸及了，其中一條

1998

是你在凝視著我嗎

是你在凝望著我嗎？
神一般的目光

照著　穿透著　安靜著　同時
也溫暖著我　的注視呵——

如此不可思議的堅定又無法辨認
像白晝天空裡恆星的光

隔著洶湧的銀河系
我只能懷疑

為什麼沒有愛的隕石成群前來痛擊我
在我自持且完整的體表

留下遺憾
或者悔恨的累累傷損……？

一瞬之愛

在決定愛你的第一瞬
突然就有愛你的一萬個理由；

也在第二瞬　一切被自己否定的
第二瞬

我們立著此生**不再重逢**的盟誓；
且在第三瞬

之前，　遺忘
我們因此流過的眼淚——

擦肩而過四目對望
只有風進入思想的視野

我們低頭尋思**五秒**：
誰編造了這故事？

風的盡頭鋪滿了晶瑩滾動的
六顆眼淚。

念力

當我正呼喚你
你回頭（一臉相同的熱切）
視線掃過來掃過去然後用力
穿透我

彷彿在我身後
茫漠的地平線上搜尋到一個點　然後
失望地離開——

我確知你回眸的
那一瞬你的雙眼和我同樣
倉皇且寂寞

且那麼肅然地追尋著什麼——

呵我的念力
喚醒了你連你自己都不知道的匱乏感

像天才被他背負的天賦奴役著
我的念力徒然

賦形著
徒然的愛……

孤獨的理由

我的靈魂偷偷離開我
去到另一個陌生的肉體

彷彿進入一個全然陌生的城
卻想就此定居　生死輪迴輪迴生死

——然後我的靈魂回來，不動聲色
但我確定他做過愛了

因為我也因而亢奮，於一瞬之夢——
突然明白眷戀此生

寶愛此身的緣由：
在那個浩渺之城中一個遙遙召喚我靈魂的肉體

他正夢著我的一生：
「至愛……呵至愛……」我靈魂顫抖著

試圖說服我　為何

今生必須孤獨。

寫給風

極有可能
你是來自天際雲靄深處
一頭蒼莽蛟龍的尾鱗搧動

更有可能你是無自無由的
既流且變的　不住不居的
無始無終
的存在——

只是今晨起來見樹因你搖舞得更加張狂
行人紛紛折腰
我便分明覺得你要從我身上

強行帶走些什麼——而我
而我又何嘗在意那些
你，還有這世界能奪走的？

但有此身
寶愛　而又　厭離……

這是風動旗動心也在動的時代罷——
有時張狂有時折腰有時

我，覺得就像你一樣……

Chapter 6

2001–2013

半生之願

年過四十的某個早晨
迫切又潦草地許了一個願

但願我的下半生
如剛剛手淫過的身體——

那麼鬆弛，那麼柔軟
那麼渴睡又警醒　那麼敏感又虛空

滿足　又不滿足
那麼虛玄又實際　那麼慾念強大又心思縝密

那麼感官又心靈
狂暴又脆弱

痛快又絕望的
爽　還要　更爽的——

身體，在四十過後
突然發願

在某個例行的早晨……

2001

一萬名善男子與一名善男子

有一萬名善男子合謀姦殺了一名善男子
判刑一百年，平均
一名善男子必須服刑
三點六五五天

三點六五五天的人生犯罪嘉年華
一萬名善男子終夜在爆滿**的牢房裡**唱歌抽菸喝酒
化裝成諸天阿修羅牛頭馬面
非男非女相菩薩
餓鬼相互
品嚐心肝，嘴唇，眼淚

生相。老相。**死相**。
輪迴化裝舞會裡
一萬名善男子搜尋彼此抽象的屁眼
確定形狀和氣味
之後商量如何成立
一座好男人精液博物館——

在博物館的中觀區
非無非有樓**不空不色室**
之陽具陳列展，前來買票參觀的
兒童們學習如何擁抱
成人學習如何嘔吐
老人學習**如何**飛翔

天人，學習如何五衰——
三點六五五天後
當屁眼肚臍眼睛眼**都鬆弛**得闔上了
彷彿歷八兆四千億萬劫數

還有經由肛門的八萬四千方便法門——
終於三點六五五天後
一萬名善男子用光全城的眼影與殺精劑
彼此依依道別
相約從此
遁入
道德重整之家

摘下五根六識
抹掉眼耳鼻舌
「善男子⋯⋯」如是
我聞：

一萬名善男子在宇宙深處**某個角落**
重逢了一名善男子，他與
他們一一擁抱
餵給彼此清水和眼淚
乾糧和自己的肉
互贈肱骨為樂器青絲為繫帶
頭顱為缽

「我們愛你……」一萬名善男子說。
「**我愛你們**……」一名善男子說。

於是佛將他們化作菩提樹上
一萬零一片葉子。向陽面炙熱
向蔭面清涼

隨四季枯榮
日夜聽法：如是**我聞，一時，**
善男子

2006

肉身之焰

火種才落入靈魂的深穴
你已轟然昇起來到眼前
你高溫發光的肉身
一顫一顫回應無形無貌流動慾望的拂動

這樣一朵無比光潔的火焰肉身呵
不禁讓我敞開胸膛
貼近

讓你的肉身燒焦我的
痛痛痛是的，痛是蠟燭昂揚的狂喜
一舔一舔吸吮著
人類頭頂的黑暗
暗示著風的無所不在
無可遏抑：

「你嗅著了那肉身被點著了的燒焦氣味了嗎？」

甜甜的虛無　稀薄的真相
而火種就快要熄滅了……。

是的，黑夜就快要前來
為我們製造另一個無所不在且無可遏抑的

正確人生的絕望白晝……

2006

丫的三個主體性——「因為鄉親呵，這就是愛台灣啦—啦—啦—啦—啦（echo）……」某叩應電台（選）

之2　丫的肛門主體性

一夜之間，丫的肛門，就突然有了他的主體性。
丫原以為
他，就只是個糞便
和陽具會經過的地方

至多，丫的屁
偶而會在那裡塞車——
然而，丫的肛門
今天清楚告訴我，他擁有**主體性**
他隨時可以擁有全身上下獨一無二的
內外痔　　或
梅毒淋病菜花

可以大量出血
或劇痛或劇養或生瘡流膿——
他如今嚮往　被電動按摩棒
或拳頭，或苦瓜，或茄子，或手機（**震動鬧鈴**），或酒瓶（細頸大肚型）
經過
更多更多的經過

如今　他更嚮往被
灌腸（40℃　5000cc溫水大號針筒注入）
更溫暖的脹大　所塞滿　更強烈的粗糙破皮
所反覆摩擦經過

他有主體性　絕對的主體性
強烈主張
一切的「**經過**」之主體性
只要帶來更強裂的抽搐、戰抖、撐裂、**爽**、還要
更　爽

雖然，丫的肛門就只是個洞
雖然，他主張擁有一切主體性

洞　的主體　抽象地　神經元　叢　密布
　集中
　經過　　**表面**　敏感地　殖民　快感
　啊　　啊啊啊
　　鄉親啊　我最勇健的鄉親啊　　這
就是　我的　　**今天才聽到**
的　肛門主體性　　啦……鄉親啊　狗公腰
的鄉親啊啊啊……

之3　丫的陰道主體性

突然，丫的陰道主張　她　　也有　**主體性。正當**
丫每月一次下腹微微
UU作痛　　時
丫突然很主體地
斷然拒絕
經血的透過

「從此一**切的頭**⋯，皆休想⋯」
包括舌頭、指頭、龜頭、嬰兒額頭、電動按摩棒頭、墮胎的刮刀頭
「因為我擁有主體性⋯⋯」丫的陰道說：
（她⋯**她她她會說話**）
「還有一切的液體也休想⋯⋯」
包括男人的精液、唾液、經血、KY潤滑膏
殺精劑、陰道塞劑、可樂（一切含與不含酒精飲料）
和自己分泌的淫水
通通不可以

「我的陰道長有大鋼牙，而陰蒂是甜美的釣餌⋯⋯」
處女膜宛如被一再殖民的記憶
早已殘破難堪
而不復存在——
只剩**主體性**

（喔是的，主體，是的，再深一點，唉喔喂啊，主體性，嗯主體性，倌人我要，倌人我還要，還要，主體性，deeper，嗯，and faster，O-yeh，yes，主體性，是的，主體性，主體性，主體性，主體性，deeper，是的，喔是的，**倌人不要停**，不要停－停－停－停－停－停－停倌人哪哪哪哪……）

——是的，雖然丫的陰道不過是個洞
但她她她說洞也有洞的「主體」**性**
絕對不會依附強勢的子宮　或有力的大腿
即使子宮正在**收縮子宮頸**正在開啟

丫的陰道呵
丫聽見偉大主體性的陰道在說

：「滾回子宮去……佛要生命寂滅！」

丫的將要出生的嬰兒
如是聽見

人間第一句人語。

2005

攝護腺

手指穿過了肛門
以檢查之名
觸碰了他的**攝護腺**

柔軟而羞怯
弱勢的
專屬男性的腺體
深藏人體不可言喻處——

只有
透過肛門

剛好一隻指頭的長度
可以撫摸得到

（神把一個腺體如此密藏）

像一個開始頻尿或失禁或解尿遲緩的中年男人

在他便便小腹藏著
一種　　一按

就快要射精的錯覺。

2005

小腿

仿佛一條比目魚
潛藏在小腿皮膚下

滑行　　收縮
靜止。復
滑行收縮靜止——一種多麼可口美麗的魚類

逗引我如鯊的目光
在海水般腥黏的空氣中

梭巡且
瘋狂飢餓。

2005

乳頭

「男人為什麼會有乳頭？」
成為今天報紙頭條——
我早餐桌上兩只荷包蛋
躺在黃汁縱橫的潔白盤中
等待著被舔拭乾淨：

從潔白的襯衫底下
突起
男人的進化

一如戰場上遺留的兩顆
未爆地雷——

每當手指輕輕叩訪
拿捏
或含在兩顆門牙之間
嚙齒動物一般的造訪時——

（瞧，多麼明顯的不完美）

乳頭竟也
勃起了。

2006

之二　不能否認的神祕戳記

不能否認的神祕戳記
留在頸間的瘀青
不定期出現如甜美的癲癇
暗喻著平行的另個世界
無數個**類似的咖啡味**的早餐店
做過愛的身體總是喜歡靠著
另一個做過愛的身體
同時浮滿厚大衣的肉香
頭垂下去，吮著乳頭的粘性
陶土是合乎道德和快樂的
創造性的衝動
一如掀開龐大但脆弱的引擎
把電源輕輕觸碰
輕輕，如雙手之間的陶土
像被一整個馬戲團的男人輪暴
愛極了那極嚴肅的走索者
卻溜進獸籠等待優雅的馴獸師
將你鞭打戳記

之四　排好排卵日

排好排卵日之日
安心將衛生棉展示
透明的褻衣晾在親密的窗口
地震準時發生但
日蝕只蝕到一半就
天亮了，卵渾圓且潮濕
且漲滿**男性的心事**
且易向陰蕊滑動在排卵日之日
藝術變得輕易而美好
音樂如恍惚的春藥
肉體一心只想被床單包裹成蛹
但只因糖罐裡走失了一隻螞蟻
一切就變得不可忍受
像遲遲未來
又來了遲遲不能結束的高潮
在**排卵日之日**吹笛手吹漲了龜頭
而卻射精在很遠很遠的
沒有音樂的角落

之五　完美的小腹與淺棕的陰唇

完美的小腹與淺棕的陰唇之間
卵的自傳不曾提及性醜聞
雖然群眾確實需要
人生藍圖上，夢遺的文字
以及**令人心安的**立可白
在馬戲團謝幕後的舞台上
花與紙條間抉擇著
該躡足進去哪一個房間
那個不曾停電的城的每一個房門
都有偷窺的記號
麥芽接吻與胡麻性交
切不可迷戀動物
與星辰
在遺失保險套的第二個星期五
金星與冥王的三角作用當中
地球將滑出宇宙的陰道
死亡之塔與豐饒女神
同時都出現**命運的左首**
右首藍色熔岩與酒色血液合流……

之六　還沒起跑就很喘

還沒起跑就很喘的那人
像極了品味低俗的靈媒
拂落了半鏽的戒指掃射黝黑的目光
指揮懶惰的卵：
月經準時發生
請緊緊追隨曖昧的上弦
子彈劃空呼嘯而落：
「別瞄準我，請羞辱我……」
雨林的鳥羽與極地的測風儀
同時落入深海的喉嚨
一切皆可預測又測量不準
矛盾像不再情人的朋友
或認識了很久才上床的情人——
那時卵必然躓踣了一下
床與床上的情人
同感震動。

××處

有人告訴我他覺得××處有毛很性感。
有人剛好相反。

有人告訴我他覺得××處有味道很性感。
有人剛好相反。

有人告訴我他覺得××處有皺紋很性感。
有人剛好相反。

有人告訴我他覺得××處有刺青很性感。
有人剛好相反：

色素沉澱。微血管擴張。痣。毛囊或神經受器聚集。
皮下脂肪的彈性充滿。肌肉緊縮而膨脹。液體泌
滲湧出。更多
更多的液體湧出……

一如月亮以他的光愛撫地球
月圓之夜處處潮汐癲狂——

但我真正想知道的是

為什麼是××處？

2006

男男愛諦

終於，我來到長得和我一模一樣的男孩
的身邊　並肩躺下
如青鳥遺落巢裡的兩根羽毛
那般自然　華美
那般理所當然的對稱——

且那般洋溢著幸福的暗喻——
是的，一個和我一般溫暖
身如處子　心如脫兔　的男孩
——而我們**相互愛**著

超越生殖　沒有婚禮
也不會有花朵的盟約和節慶的祝福

我們只是真的明白了什麼才叫愛情：
其甜美及其憂患
其純潔並其晦黯
其堅定和其動盪
與死齊等

甚至超越死亡，**遠遠地**超越……我們

我們或將在下一秒改變心意
但在僅存的此刻當下——

我們斥退了異性戀熱症的囂張喧嚷
清明如菩薩
經歷十地　**阿僧祇劫裡**誓不成佛

要以俱足的五根六識　七識　八識　難得人身
証得佛陀在苦集滅道
之外不忍宣說的
男孩**與男孩**之間的

愛諦。

2008

日出前

日出前他這樣形容：
我　好像一架鋼琴。

全身都是琴鍵
任手指隨意上下　即興演出

我斷斷續續的睡意
和零零星星的清醒：

他自信而從容地微笑
像從忙碌的骨節裡生出瞬時的花
光聚在舞台中央——

他怡怡然踱出
揮手致意　四面
拋出飛翔的吻

然後打開我，坐下來，低頭試了幾個小節：
「完成我……」

我彷彿聽見

我的身體這樣說。

2007

之七　是刺青，還是胎痣

是刺青還是胎痣？我看見
你蛻下衣物之後的裸體平原
山巒與幽谷，湖泊與天空——你說
你好想擁有一片**湛藍的刺青**卻甚至
無法擁有一道湖青的胎痣你
是如此完美無瑕地裸體着如一片
不含任何阡陌的九月的小麥田
不容許外星人染指不承認
那一夜之間烙下的無數麥田圈
充滿高級數學物理定律或天文意涵的聯想
或者神諭或者攸關人類生存的未來警語
或者
僅僅是一把**打開與**外星文明溝通的鑰匙
——但你，只是如此完美地裸體著
不容負載任何肉體以外
任何文明的訊息：
我愛你
且已至深
容不下你我之間　如謎的一切
一片刺青一道胎痣或者一塊麥田圈

自昨夜行過的阡陌隱約浮現……

之十　如何召喚下個世紀的高潮

如何召喚下個世紀的高潮？你是無性生殖技術
的祭司　還是羔羊？
但你只是以身試法般地
愛我　像幽浮
鉅大如雲層的幽浮降落在
我被愛撫太久太頻繁的衰老體表
掠奪我的**全部觸覺**在我渴望被殖民的身體
灑下如群蝗組成的部隊
疾行過暗夜裡獨醒的我
——從此我是寸草不生的
即使是在我的夢境
我渴求的荒涼　焚燒澈底　焦土入地六呎
的那種寸草不生
是的**你必須**如是
降臨我
如詛咒裡的瘟疫　下世紀的幽浮
預言如是盛大：汝
也必將如下個世紀的高潮

一起
盛大降臨.

2009–2010

你便是我所有詩與不能詩的時刻——致聶魯達（選）

1. 在冷不防自燃的胸臆裡盛大顯靈

那時刻確實是深愛著你
的時刻。但確已遍尋不着
我的心了，只剩微弱的譬喻
在古老的天際線上
泛著枯寂而嚴穆的光
清晨遇見**一隻鴉**在對面陽台
啄食著從我胸口重重摔落的
那團鼠屍般的肉，漫天遲緩的禿鷹
盤旋在被冥想及誡律統治的城市上空
聖者及其追隨者皆已逐彩虹而去了
如今我，和所有**無心**譬喻的販夫走卒們廛居市井
每日編織，沐浴，通靈
為陰鬱的神龕供養些凋萎的花瓣
和混濁的聖水
當我愛著你的時刻我已無心了——
當我覺察，城已淪為鬼域
擦不燃任何一枝火柴
只好端坐等候
與你**不期然重逢**，久違的誓言如淡藍色的靈感
在冷不防自燃的胸臆裡盛大顯靈……

2. 重演生命裡所有吉光片羽的時刻

而一切的發生都已在下坡的路上了。急促的下坡
併肩的急促呼吸正綿長地吹向記憶
的無垠草坪，種籽般　緩緩降落，而你
總是清晰的，**無比清晰**地
如吉光如片羽　　般
散落在我們不應重蹈的密徑
你應該是海嘯，厚實且高聳且沉默
一道行走的水牆
浪的長城
在我濱海的夢境裡無堅不摧，屍橫遍野；
你該是唯一，至高，絕對——
你是山，瞠瞠地睥睨
四週不能成為山或超超山的一切
但終究
只是抹過山巔的一絲白雲——
終究因為下坡，因為我
正走在生命幽長的遠遠的下風處；
在我**倦極闔眼**的那一瞬
重演過生命裡
所有如吉光如片羽散落的時刻……

3. 如呼喚我深愛至極的宇宙萬物的名字

我分明記得你是提示我所無能為力
的一切的
一則註腳，為我**浮淺的生活**描上深邃的輪廓
下著語意分明的小標
上著言簡意賅的字幕——
因為你，**我閱讀著**自己了
認認真真地閱讀，像牧羊人面對
整幅永遠重複又永不重複的
夜空，找到其中恒星般
又流星般注視你的目光，是的
像是永不間斷地提醒著我原是愛我原是光
我原是為愛而生的質子電子原子
分子，彷彿一切穩妥的受造物　而今
我如神創造，在良善完滿的星夜
萬物陳列在宇宙博物館裡的死亡標本室
我將**一一命名**那無法命名的
你，你名字裡排列如魂魄的**阿爾發**與歐米加
像一句不知如何發音的咒語
（山河大地終究不過一句咒語）
但我終於顫抖著召喚
你

如呼喚我深愛至極的宇宙萬物的名字……

4. 因為我的肢解而頓時熊熊燃起神性的光

而我原多麼在意我的傾斜，因為你
我卻傾斜　大大大大地
像大海被盛入一隻碗
的那樣容易傾斜，像被捧在
雙手之間的一顆柔軟黏滑的臟器
顫抖中緩緩被高舉
像獻祭給掌管幸福的神祇
地那般　神聖地傾斜著——
我必須是**血淋淋湧**出
又固執地凝結
既新鮮　又潔淨的一塊血
刀刃由喉輪直劃下恥骨
因此傾斜許多淚啊記憶啊飢餓的體液啊
許多慾念的腫瘤啊腫脹的器官啊
因此紛紛從中滾落紛紛溢出……雖然
身體確實是無比堅實的神器
雖然　我確實　因盛載著你的浩漠與
飄忽　而傾斜，（是的），**但我願意**如容器
盛接之後你紛紛的隱瞞與離去
我在祭獻的台上躺下
看見傾斜的世界
因為我的肢解而頓時熊熊燃起
神性的光……

5. 事情將如我預期的那般深邃而且湛藍

當我明白那其實是拒絕時
我原以為那只會是拒絕　而已
一切可以復位而井然而
存在已然美好——我原以為
你會是理解　並同情的
會開門看見山
就如山那樣愛上我——
會是讀過我的心就凝視微笑
會執起我的手說沒關係我會了解的
那樣拒絕我——我原以為
事情將不至於如**我預期的**那般深邃而湛藍
當你如一千個滿月那般刺傷我
我原以為我會如潮汐高漲
驅使所有月暈裡的生物瘋狂交配——
但我只是**如瓶裂碎**而已
我只是從此裂碎成無個性的原子分子電子質子而已
當我明白你是拒絕著我的
那時，我原以為我明白
拒絕亦是一種存在的美好
事情將會如我預期的那般
深邃而且湛藍……

6. 你便是我所有詩與不能詩的時刻

有人談論過生命的背面，陰影
和罅縫嗎？如果有那談論
永遠不夠。那個永遠在一個人旅行的人
暗自希望在旅途中突然死去的
那個人，我曾和他在天涯
花枝開滿的**時刻遭遇**
他邀我坐下就隨意
隨處的坐下，那時
詩如暮靄般四下襲來
但我們只是沉默相對
獨角獸成群自原野奔過
但我只想知道何處是大象們的墳場：
「所以**天堂的入口**曾經懸掛著一則譬喻……」
使所有尋覓的旅者輕易錯失
但如今我已找到
：我愛你如水，**如風，如塩**，如岩
如旅途所能攜帶
或遭逢的一切；如月全蝕時才能
充分展開的星空——
時間之風終將吹走所有星斗而那時
你便是我所有詩與不能詩的時刻……

2011/7/13

順著你的睪丸緊縮
——致Rodrigo（選）

一，順著你的睪丸緊縮

上昇　**緊縮　再緊縮**
陰囊上浮現出衰老地形的皺褶
礦物結晶的細緻紋路——我的舌頭
一路來到巨大蘑菇的根部
像格林童話裡勇敢離家出走的男孩
（長大，同樣勇於邪淫的男人）：

「形象，無止境的形象，視覺型的男人哪……」
無法
自拔地想插入或吞下
在雨季結束時的微弱陽光中
誦唸著令蘑菇永續壯大的咒

：「我來了**我就要來了**……（不斷重覆）」生命的
真相就要就此開顯
盛大的灑開與滲泌
像喉嚨與軟顎間不斷撞擊的活塞
阻止了我的繼續發聲

然後就是噴泉了
遍地的噴泉遍地
不擇地皆可出地拯救了一切——
一切必須**重新洗**滌先從
靈魂的鼠蹊開始但有人

已經開始在穿上褲子
當肉體還萎靡在如戰壕般的床單深處
有人已經穿上了他**好看的名牌內褲**
恰好包裹住了他緩緩下降的睪丸
睪丸上深深的刻痕，整齊，神祕
人類古遠記憶裡的卜辭與圖騰
——
逐漸**泯渙**……

而一切的悲劇
始於那對一上一下
緊縮睪丸的
緩緩沈降

悲劇性
地
開始緩緩沈降

緩
緩
沉

降

二，扳開你死死咬合的頸窩

扳開你死死咬合的頸窩
像發現一窩驚慌的蛇
藏滿敏感羞怯的神經元
我的唇不自禁要在這低緩綿長的草坡谷地
種滿傷口一般　**快感的足印**

撬開你抵死不開的頸窩
你深埋在軟土裡的　混　沌
初開的微弱電擊
沿你體表隆起的抽蓄
使我有一種類似　但絕不等同歡悅的
強暴的錯覺：你身體對你的徹底欺瞞
你竟渾然不覺直到

直到我的下顎緊緊扣住你的
下顎　直到我的多事的舌繞行向你的耳根
像要揭示某種真相但
其實更想插入或吸出
你冰涼耳道裡潮暖的虛空

但手掌跋涉過你體表所有的雜草地帶
很難稱得上是風景的廣大地域
如今　至多都只呈現社區公園一般的規模——
拘謹，保守，小小底崢嶸
規矩的行道樹或孱弱的亞熱帶雜樹林
而，而我當初亟欲享用的粗礪與原始呢？

我們當初亟欲一起享用的
狂舉的山林與顛簸的岩層呢？
身體究竟是諸神退位的隱匿聖殿
還是鬼魅盤據的主題樂園？
但你，你循規蹈矩的一生
已將身體規劃成乏味至極的集體公寓

及大樓與大樓間影子般的社區公園
我的吻重重踩過
那不許踩踏　才要緩慢復甦的

夜夜露水沾溼的草皮……

三，我要你在我肉體裡游泳

我要你在我肉體裡游泳
我要你在我肉體裡學會游泳
：「**要學會游泳你必先愛上水……**」
來，沉到我的身體裡來
勇敢沉到我身體　的　深處
隨意拍起一些浪花
讓耳朵眼裡嘴裡毛孔裡　都是我
深吸一口氣捏住鼻子
屏息至窒息　再
再沉得深一些
水中有縫　你不妨尾隨魚群鑽入
那水草莽莽天光微微的深穴
雙腿用力夾水一如我夾緊你
我們一起奮力前進
進入彼此更深地進入進入進
入像游著美麗的人魚式
或俏皮的海豚式，手臂划出**兩道垂天**之雲
並在我胳肢窩裡架起滑翔翼
「**要學會飛翔必要先愛上風……**」
但我的身體如此黏稠而你的
也是我們相互動彈不得迫
不及待要黏得更緊沉得更深更安靜

肉身的深海平滑如鏡
人間的碎片如細雪飄落四下
我們緊纏著墜落驚訝於這墜落永無止境
肉身的深海我們彷然虛脫著被地心
拖引向失重的天堂只能我爬上你你
爬上我的岸彼此擱淺在
彼此黏稠的小腹
劇烈起伏的肚臍——那時天地
玄黃宇宙洪荒
我們呼吸彼此肺中僅剩的氧
飲彼此口中的唾涎
看見彼此瞳中的宇宙
和溼淋淋爬上岸的自己
在早死於彼此胸前的轍溝前的不及一瞬

相互
投下了愛慕的一瞥

四，我其實是只戀腿的

我其實是只戀腿的我愛的是腿
但如何愛上一條腿思慕他取悅他
寫伊媚兒傳簡訊
為他寫詩唱情歌欲死欲生——如何

只愛一個人的腿（而**保證不觸及**其他）
從跪下來吻他的腳趾開始
還有那彷然從大理石礦裡浮出的無瑕的踝
那強韌的阿基里斯腱
向上懸掛肥美的兩尾比目魚
粗糙的膝和如荊棘的腿毛我一路
向上來到鼠蹊盡頭的噴泉和兩股之間的縱谷
稱之**不見天**　或其實是**一線天**的區域
然後因為愛屋
及烏，而跨越過愛的邊界
而繼續愛著臀部的饅頭山和吊橋般的脊椎
向上，向上繼續
陰毛終止的洞穴，喉節滑行的崖壁
於乳頭處引暴快感的地雷
向上，再上便是
你的臉了
抱歉了我無法愛上你的臉：
「神以祂的形象造人，必然指的只有臉的部份……」
而我愛的只是塵土，以及在塵土裡的螻蟻屎溺，
還有
你的雙足
最接近塵土的的人類的**腿和腳**
銘刻著人類所有的勞苦與承擔

跋涉與攀登，我來到與你雙眼平行的高度
：「**那你愛著我身體的哪裡？**」
不許提及靈魂或光
從塵土裡來的還得歸入塵土
不許你辯認出，並說是我的臉
你只可以從頸部向下愛着我
像百人中之九十九人那樣向下
直到塵泥深處都不許

回頭仰望

2012/12/17-18

獸姦之必要

——因「護家盟」反多元成家的理由是「人類將因此獸姦」而寫

1. 我原以為在做愛中我們都會是獸

我原以為在做愛的時候我們都會是獸
都應該是獸，但
我錯了——我們在
那個
龜頭紅紅，淫水滔滔　　的時候
其實是
禽獸不如的，　　因為沒有獸會　　偽裝高潮
或曲意奉承，或
我要**我要我還要**
或
不要不要其實是不要
停　　　的那個時候
——我們何其狂妄竟想動物一般地性交

我們何德何能？

2. 我們早已被警告不要和人類發生性關係

獸的祖靈們早已警告過動物
千萬不要和人類發生性行為，你看
這個不按季節週期發情的**靈長類無毛**生物
隨時隨地，　需索無度
地　　抽抽插插：
「秋來的樹木都應結果，多餘的花卉徒亂天
時……」（註）
而人類竟然可以隨時隨地
躺下來（或也不必躺下）就可以
抽抽插插
地　　擾　　亂
　　　天
時——

造孽喔！**千萬千萬**不可和人類發生
性行為——
實在太骯髒齷齪了只能姑且名之：

不可人姦。

3. 我的家庭真可愛整潔美滿又安康

我的家庭真可愛每天都和狗性交
我的家庭真可愛每天都和貓性交
我的家庭真可愛每天都和牛性交
我的家庭真可愛每天都和馬性交
我的家庭真可愛每天都和羊性交
我的家庭真可愛每天都和雞性交
我的家庭真可愛每天都和鴨性交，每天和
蟑螂螞蟻性交，蜘蛛蝴蝶性交
老鼠壁虎性交……

這就是真正所謂的**多元**家庭。罷。

4. 為何只有人類才正面性交？

為什麼全世界大自然裡只有人類
在做愛時**看得到對方的臉**？為什麼
在**爽**的時候還必須
看得到那分不出是痛楚抽搐還是狂喜欲死的表情
浸泡在汗水淫水口水精水潤滑水裡
的表情有
說不出的噁心而人類
卻必須看著這樣無以名之的臉
繼續著下半身的被抽抽插插

彷彿兩方同時癲癇發作
缺氧
幻象著神
陰謀著生殖
美其名：

神聖的性交啊……

5. 太好笑了人類竟然發明了反雞姦法

難道人類不知道所有動物都雞姦嗎？除了
人類？——
人類為什麼要禁止**雞**
用雞自己的方式做愛？或
人類不可以用雞
的方式做愛？那麼用牛用馬
用獅用虎的方式也**不可以**嗎？人
的陰道或肛門只能接納陰莖嗎？還是手指酒瓶手機
（請開震動）按摩棒苦瓜茄子泥鰍都可以？這
有所謂**生理合理性和道德正當性**嗎？
媽的人類不是每天打虎拳鶴拳蛇拳螳螂拳
模仿動物不是比較健康嗎
那為什麼不能模仿雞的
姦
（人類發明的名詞叫做雞姦）

的做愛方式您不覺得
這樣真的比較健康嗎？

6. 你不覺得人類的生殖器太過單調乏味無創意？

你不覺得人類的生殖器太過單調乏味**無創意**嗎？
聽說蜜蜂的陰莖有長長的優美的倒鈎
老鼠的龜頭上有數百個結節狀的敏感突起
而鯨魚的則足足有半噸重（在某種狀態下）
馬的**膨漲係數**則超過任何氣體
野牛的激動時硬度超過鈦合金
金甲蟲的生殖器伸展可以超過身長五倍而
海豚的一次射精精液量可達廿公升
水母的生殖器**佈滿霓虹燈般華麗**的神經突觸
而嬌小的蜂鳥的晶螢如珍珠
羊，性慾強盛的羊
聽說羊的精液滴過的泥土會長出珍貴的人參——

而人類的性如果只能像豬圈裡的豬
因而生出更多頭豬來

——誰要跟人類做愛？

2013/12

註：出自徐訏「戀歌」。

原以為在性愛中 我們會是獸

原以為我們都屬毛髮濃密的
起碼，在做愛的時候
我們會是野獸一般的

但你激動如絲綢的身軀
大幅地滾躺在展示桌上
捲開橫幅的風景
閃著神聖的光

我以為
我會是愛上獸一般的
但我們就裸著走入了風景
有光的風景裡同時瞇起了眼睛

誤以為看見了
什麼是獸看不見的

2013

一（Oneness）（選）

一之一

說完人類究竟孤絕的十萬個理由
他趕赴醫院檢查嘴角的水皰
：「每個靈魂之獨一性竟然在人類時間感的縫隙
裡發酵，滋生病菌…」
他猶自巡梭於言說的雙瞳　看見
在他之前有一百個人排隊
每個人嘴角都**長著水皰**

同樣怒氣沖沖
不耐，咒罵著護士
醫生，醫院
醫療制度，衛生環境，國民素質

咒罵保險給付，**政府官員**，民意代表
國家，人類
人類的基因

大自然。天和
地，宇宙，時間和進化

咒罵著五行陰陽，氣脈，生命本質
——終於輪到怒氣沖沖的他坐下來
在醫生面前

他再也感覺不到獨一性和孤絕

他專心談論他嘴角的水皰。

一之二

從三溫暖的暗室裡走出來
是每個週末都相似的午後陽光
映照在Lockers Room的鏡子前方
他穿回之前脫掉的衣服鞋襪
恍惚感覺恍惚的現代
原是遠古洪荒——

他在飲水機裡漱了漱口
想漱掉嘴裡三個人的唾液
和三十個人的精液
——但誰知道？
誰知道那不是**成千上萬人民**
的精液和唾液？

——如今都混合在他的身體裡
像不該混合　著　喝的酒
發酵出令人無法抵擋的醉意——
他感覺著　此刻
身體裡有一群人

一群飢渴地相互飲下
彼此體液的男人，因此
酩酊著跌入彼此的身體：

「從此真正地成為人類的一部分——」
如今，他既是一個人
又是千千萬萬人

只因為重疊著無數陽光的下午
他　帶著一己的體液
如攜帶一瓶好酒

在黑暗中　和鬼魅般的陌生人
交換過
歃血為盟的眼神……

2013

我的精液

當知恆無常，純空陰非子；生子常得苦，愚者說言樂。是故我說言，生子非為善。

——雜阿含1296經

生養子女不是一件好事……。陀說：眾生卻總是以苦為樂呵，呵呵！

（於是）

我任由我的精液不擇地
皆可出地

成河，噴泉，灌溉的溝渠
濃稠如死水的海洋——

但通常只化成一灘轍溝裡的水
在大腿鼠蹊或內褲襯底的低凹處

任由他　他裡頭的無數龍魚蝦蟹
涸旱渴死

（幾十億個我
　吶喊著是我是我選我選我）

像銘刻著我的名字的幾十億顆隕石
遊蕩過宇宙歷史的所有光年

在全人類都還在寤寐之間的某一個清晨
於地球　　您望的荒涼額頭上

悄悄
——　撞燬……

2013

淫

徹夜清醒你，

你肉體裡濺出詩句，不斷打溼我

因為我的槳　深深　划入你

我的手　深深探入

拍擊　　撈起　　握住

沾溼的一縷

一縷簡訊般的黑髮

像是你的肉體裡　　另外藏著一具肉體

正迅速地解體，發出味道

而你亟欲藏匿

因此　**躍入水中**　　我　　因此溼了

你的死亡　一般的身體　　這樣使勁纏繞

令我高潮之中**另生高潮**

　　繁花之上更添繁花

你進入著　　你的前世　的男人　進入著

再之前的　鳥獸蟲魚　也進入著

我　　**因此**　　我　　溼了

你　　樹一般　　進入　　　我

我讀著你最深　　深深的年輪

那種粗礪　　誰　　銘刻了　　肉體的　　大量詩句

在你身上　　徹夜響著　　不斷濺起　的

潮汐　　　我們轉身睡入了　彼此

只那麼一瞬　　　因此　誤以為

我們
徹夜清醒。

2014

閱讀大詩37　PG1500

乳頭上的天使
──陳克華情色詩選，1979-2013

作　　者　陳克華
責任編輯　盧羿珊
圖文排版　莊皓云
封面設計　蔡瑋筠

出版策劃　釀出版
製作發行　秀威資訊科技股份有限公司
114 台北市內湖區瑞光路76巷65號1樓
電話：+886-2-2796-3638　傳真：+886-2-2796-1377
服務信箱：service@showwe.com.tw
http://www.showwe.com.tw
郵政劃撥　19563868　戶名：秀威資訊科技股份有限公司
展售門市　國家書店【松江門市】
104 台北市中山區松江路209號1樓
電話：+886-2-2518-0207　傳真：+886-2-2518-0778
網路訂購　秀威網路書店：http://www.bodbooks.com.tw
國家網路書店：http://www.govbooks.com.tw
法律顧問　毛國樑　律師
總 經 銷　聯合發行股份有限公司
231新北市新店區寶橋路235巷6弄6號4F
電話：+886-2-2917-8022　傳真：+886-2-2915-6275

出版日期　2016年7月　BOD一版
定　　價　600元

Printed in Taiwan

國家圖書館出版品預行編目

乳頭上的天使：陳克華情色詩選, 1979-2013 / 陳克華著. -- 一版. -- 臺北市：釀出版, 2016.07

面； 公分. -- (閱讀大詩；37)

BOD版

ISBN 978-986-445-115-9(平裝)

851.486 105007823